BATALLAS Y SUEÑOS DE UCHKU PEDRO

Melacio Castro Mendoza

BATALLAS Y SUEÑOS DE UCHKU PEDRO

Primera edición: abril de 2024

ISBN: 978-84-10253-34-6
ISBN digital: 978-8410253-35-3
Depósito legal: M-8843-2024

Editorial Adarve
C/ Luis Vives 9
28002 Madrid
editorial@editorial-adarve.com
www.editorial-adarve.com

Impreso en España

Fue como saber que tu tumba no existe,
que andas por allí,
apurado entre las calles mojadas
trabajando sin morirte nunca.
GIOCONDA BELLI

¡Sierra de mi Perú, Perú del mundo,
y Perú al pie del orbe; yo me adhiero!
CÉSAR VALLEJO

En tiempos discontinuos, entre la gente, las rocas, el polvo y el viento de las Cordilleras Blanca y Negra, encontré la voz para escribir, a lo largo de cuarenta años, los versos que, por falta de tiempo, no escribió Anacleto Méndez Loli, el poeta y cantor de las batallas y los sueños de Uchku Pedro. Asumiendo su pluma escribí este poemario, dedicado al pueblo de Ancash y a los que con sus vidas y ejemplos nos enseñaron a valorar y amar el Perú.

Melacio Castro Mendoza
Alemania, 24 de marzo del 2010

PRÓLOGO

Recoge Melacio Castro poemas hilados por el amor a la tierra que expresan una rebeldía hacia la usurpación, la estulticia, la injusticia y la indiferencia de quienes, por un trozo de pan, se mantienen al margen. Un canto homérico al valor en medio de la opresión, al amor frente a la avaricia y al esfuerzo frente a quienes desdeñan el cambio social.

Poemas de gran contenido épico que pretenden recalcar las esencias de una raza que pervive, casi ausente, ante un aplastamiento vil que se ha perpetuado desde la Conquista. Es como si tratara de acabar con la dormición de un pueblo entero de la mano del aguerrido Pedro Celestino.

Toda esta gesta contrasta con poemas tan íntimos y entrañables como *Testimonio de Lucía*, que destaca sobre aquellos de mayor dureza. Es aquí donde el autor muestra toda su sensibilidad para dejar a un lado la guerra y el rencor.

(…)
Nieve humilde en la cumbre tomaba
forma de insistente gota y, desafiando toda fantasía,
atravesando rocas y piedras, era plata.
Más abajo, en las cascadas, si no era furia, era melodía.
Hermana del viento, su inquietud me ataba y aún me ata
a la tranquilidad de una laguna. (…)

Pedro Celestino se torna humano, amoroso y sensible cuando le habla a Lucía. El guerrero se transforma en hombre común y deja sus armas en el suelo por un instante. Entonces, se hace grande y maximiza su sensibilidad en favor de la vorágine de las que seguramente serán sus últimas palabras.

El autor sabe cantar a la tierra, a la serpiente, a los pájaros, a la tormenta. Magnífico el poema dedicado a la sencilla vicuña, que enternece al lector y lo conecta con la madre tierra.

Prefiere el autor la fuerza poética a otros tropos que puedan barnizar el lenguaje. Un lenguaje duro, salvando algunos pasajes, que se justifican ante la necesidad de transmitir el legado de Pedro Celestino y concienciar sobre el destino de una nación oprimida.

Como la poesía de Celaya, se trata de versos comprometidos:

«Nada me parece tan importante como el buscar el contacto con las capas sociales abandonadas. Hay una masa inmensa a la que hay que buscar y promover hacia la poesía y la cultura. No haciendo una poesía mala o rebajada, sino una poesía auténtica». (G. Celaya, 1991-2011).

Como él, Melacio «maldice la poesía concebida como un lujo cultural por los neutrales que, lavándose las manos, se desentienden y evaden». Porque Gabriel y Melacio no son más que dos imprudentes al cabo del cambio social; una entelequia por la que luchar vale la pena, con las armas o con los versos.

Con Machado, Melacio «desdeña las romanzas de los tenores huecos y el coro de los grillos que cantan a la luna». Escribe poesía de verdad, sin tratar de complacer a los gentiles. Poesía de pasquín sobre los «adoquines bajo los que se encuentra la playa» del mayo francés del 68. Poesía osada, valiente, rebelde, incorruptible, que sabe bien cuál es su cometido. Poemas que nos hablan de mirar a la tierra con la desnudez de quien lo ha perdido todo en una sociedad donde no quedan esencias (acaso ni un sitio para las almas sedientas de justicia). Pero, por encima de todo, es un homenaje ancestral a aquellos hombres que no dudaron en derramar su sangre por un futuro por el que seguir luchando.

Luis C. Folgado de Torres
Editor general del Grupo Caudal

ÉRAMOS LA UNIDAD PERFECTA

Superpuestos en unidad perfecta,
nuestro mundo de arriba viajaba en los lomos
del cóndor. Sus nubes y su luz
asistían a nuestro mundo de aquí,
expresado en montañas, valles y
desiertos, cuyos minerales, animales
y vegetales vivían en armonía con
nuestro padre el puma
y con nosotros mismos, los humanos.
Oscuridad necesaria nuestro mundo de abajo,
era él el piso sostenido por nuestra madre
la serpiente
y por el silencio de todas nuestras chulpas.

Uma afortunada la que asistía a cada ser humano,
formaba parte de la claridad del sol y de la luna.
Sonqo ritual
el nuestro, resumía la puntual energía de la tierra,
del agua y de los granos comestibles.
Vivíamos en reciprocidad y
para la reciprocidad. Servíamos
y nunca abusábamos de nuestro ambiente
natural o social.
Mar y río eran nuestros hermanos,

y su líquida presencia,
nuestra máxima expresión de ternura y fiereza.

Cada hombre, cada mujer y cada niño era solo
una especie de eslabón de una cadena.
Y cada cual se sabía
parte integrante del tesoro de nuestra lengua
y de nuestro único ser.
¿Peleas? ¡Las había!
¿Batallas? ¡Abundaban! ¡En la lucha
nació la unidad y el acero con que forjamos
nuestra reciprocidad!
En eso,
llegaron la espada y la cruz.
Sus portadores, invasores sedientos de metales,
tierras y fuerza de trabajo, nos declararon bárbaros
amantes
de la sierpe. Con cálculo y método,
incendiaron no solo nuestros templos;
irracionales,
nos convirtieron en
presas no solo de sus perros. A cañonazos
y a sablazos,
cercenaron nuestros cuerpos.
Con la bendición
de su cruz, instalaron la picota,
la horca fría y el patíbulo siniestro.
Arbitrarios, se apoderaron
de todo lo que nos pertenecía.
Vulgarizaron a nuestro padre el cóndor.
Demonizaron a nuestra madre la serpiente.
Dispararon contra nuestro padre el puma.

Entre espadas, vinos y hostias,
borrachos e ilusorios, declararon suyas nuestras manos.
A cañonazos, destruyeron nuestros techos,
arrasaron nuestros intestinos
y, no contentos con ello,
nos impusieron
sus vestidos, sus costumbres, su lengua
y sus creencias.
A cambio de sus abstractos credos y oraciones,
se tomaron para sí todo lo que les sirviera para
convertirlo en dinero, poder y privilegios.
La propiedad privada nos colgó a la cruz del hambre,
y su filuda espada nos sometió a la más negra
y absoluta miseria espiritual y física.
Era la voluntad de su Dios, dijeron.
¿Peleas? ¿Batallas? ¡Sí, claro!
¡Todo por la unidad! ¡Todo por la reciprocidad!
Lo afirmo y suscribo: ¡Pedro Celestino Cochachín!

SEGUIREMOS VIVIENDO

Arquitectos de la muerte,
Túpac Amaru, nuestro símbolo y espíritu,
fue solo una muestra de su arte.
Ante su cruz, destrozaron sus músculos.
Vena a vena, sus cuchillos vaciaron
su gran sangre.

Asesinado él, una vez más se burlaron
de nosotros. Con saña, volvieron a arrojarnos
al fondo del abismo. Colmados de paciencia,
convivimos con los piojos.
Entristecida,
la madre tierra
concedió, como medio de supervivencia,
sus rincones más cálidos
a los más débiles.
De entre estos, tuvimos muchos muertos
al aire libre.
Convertidos en pasto de gusanos,
los más afortunados fueron presas de las aves
de carroña.

Cuando, después del combate de Ayacucho,
se vieron obligados a abandonar nuestro
padre suelo,

muchos de los suyos cambiaron
de uniforme. De palabra, declararon
ser amantes de la paz. Golpeándose el pecho,
no faltaron los que,
junto a sus hijos
o a sus nietos,
hicieron suyas las danzas y las reglas
de su falsa libertad.

Irrefrenables y ambiciosos,
conspiraron
después
los unos contra los otros.
Precavidos, cercenaron territorios;
reforzaron la propiedad privada
y ejecutaron su práctica común:
acabar con los justicieros hombres
y mujeres.

Aun así, pregunto:
si la tierra es nuestra madre,
¿cómo aceptar que se
apoderen de ella y de sus recursos
solo
unas cuantas familias suyas?

Con la luz del sol y de la luna, de *orko*
en *orko* y de valle en valle,
Túpac Amaru
despertó
y empezó a caminar junto a nosotros.
«Si como él algún día caemos —pensé—,
nos acogerán nuestros Apus.
Convertidos en parte de sus coronas

o en parte de sus lagunas, sus vientos y sus hierbas,
insistiremos en dar forma al calor y a los colores
necesarios
en la forja de una real,
¡auténtica y maciza libertad!
Lo juro por mi pueblo
y por mi nombre: ¡Pedro Celestino!».

MAMÁ HORTULANA

¿Oyes, mamá Hortulana?
Las rocas lloran la suerte de la patria
y, entre tanto,
las palomas arrullan la hora matinal.

Sabia mujer; en ti hay un aire y una rama
que te hermana a la seguridad de mi flor
más linda: ¡la retama!

Cuidando a tus criaturas del frío,
con tu característico amor, con razón,
tú solías inculcarnos: «En las haciendas,
hijos, peor que los animales,
nuestros campesinos son maltratados.
¡Látigo en mano,
el patrón o sus caporales
les rompen las espaldas!
¡Forzados a trabajar sin alimentos,
sus pulmones saltan a pedazos!».

Arrugando el ceño, agregabas:
«En apoyo de cada hacendado, ¡militares
y policías dejan hablar a sus pistolas;
los sacerdotes, biblia y crucifijo en mano,
predican obediencia y paciencia!

De cuando en cuando, con aquellos
padecerles, la tierra se sacude.
¡La nieve adolorida se contrae
y en desorden se hace agua
huyendo a nuestros ríos!».

«Por favor, hijos —suplicabas—,
para que acabe tanto abuso,
antes de mi muerte, quisiera
pedirles solo dos cosas:
una, hagan vuestras las espinas de las rosas
y, dos, defiendan, aunque sea solo con las
espinas,
¡la dignidad de nuestra humilde gente!».

Tus palabras, mamá Hortulana, construyeron
el puente que me llevó hacia los pobres.
Más que vida, ¡la suya era una
inmerecida tormenta!

Flor de pacae en primavera,
tu amor por nuestro suelo,
mamá Hortulana,
y tu voz de alerta golondrina
abrieron nuestros ojos.
Tu espíritu contagiado del azul y claro
cielo nos copó con el más allá
y más acá de las montañas.

Separando el grano de la paja,
asumimos tu mensaje.
Muy a pesar nuestro,
desde entonces,
junto a Maximiliano y a mis propios hijos,

tus nietos,
empezamos a tejer una madeja
que trataría de reconstruir,
para todos los que amabas,
un esplendoroso y gran mañana.

En parte, tú lo viste,
mamá Hortulana: lo nuestro no eran solo
palabras. Llegado el momento,
a lomo de caballos que en sí eran
fuego vivo,
armados de piedras que albergaban
grandes mitos y tiernos sueños,
nos hicimos a los caminos
que desembocaban en campos y ciudades.
El *runasimi*,
mamá, cobró una nueva vida.
Y, cuando empezamos a defendernos,
¡mala suerte,
se nos infiltraron los soplones!

«Los Cochachín —denunciaron primero—
andan robando sal para
distribuirla entre la indiada!».
«¡Los Cochachín y sus amigos
son unos subversivos:
andan asaltando las haciendas», acusaron.

Sentados en sus sillas de cómodo espaldar,
los jefes militares y los jefes policiales,
autosuficientes los unos y ufanos los otros,
asumieron sus denuncias.
A coro, comentaron:
«A Pedro Celestino,

un minero serio y honrado,
¡lo jodió su madre, la rata
Hortulana!».
«Aunque bonita, la Hortulana era un mal ángel.
Fue ella quien señaló el mal camino
a sus hijos!».
«Mal bicho la Hortulana,
¡su verbo portaba más veneno que la manzana
del pecado original!».

Curas y obispos se sumaron a semejante juicio.
«¡Santa Rosa de Lima! —sentenciaron—, patrona
de las armas nuestras, ¡aplasta a la Hortulana
y con ella a la sierpe
que constituye su estirpe!».

Graves,
los terratenientes opinaron:
«El padre de Pedro Celestino se dejaba pisar
el poncho por su mujer. Ante la Hortulana,
¡carecía de autoridad!
En sus barbas, sus muchachos
se forjaron
falsos sueños: ¡abrazaron las ideas comunistas!
¡Rechazaban, por ello, nuestra condición
de únicos dueños de las tierras
y exigían las compartiéramos, al igual que las minas
y otros recursos naturales, con las indias
y los indios! ¡Qué barbaridad!
Por Pedro Celestino, en especial,
y por los suyos, ¡recemos de corazón
a los santos evangelios y a la cruz:
como son gente también adinerada,
que el cielo aporte a sus cerebros

el calor y la sabiduría de *nuestra* propia luz!
Por voluntad y mandato del señor,
¡viva la patria y viva la propiedad privada!».

Desde entonces, mamá Hortulana,
las personas pías y contritas
andaban afirmando: «¡Pedro Celestino es comunista!
¡Sin más, ha convertido la dinamita en su credo!
Su espíritu, espejo y reflejo del que su mala madre
poseía,
lo desnuda como a un simple pecador.
¡Compremos su conciencia! ¡Hagámoslo cónsul
o embajador! ¡Los hombres de su condición
se rinden por dinero
o con los besos de un falso amor!».

Lo afirmo y sostengo:
¡no, mamá Hortulana,
tú no fuiste la única fuente de mi pecado original!
Junto a tu verbo, fue la miseria reinante en nuestro
pueblo la que a mí y a mis hermanos,
como después a mi mujer
y a mis hijos,
nos llevaron a levantar
en alto las razones de justicia y paz que
reclamaba nuestra patria!
Claro como el cielo serrano de los mediodías,
¡hice mío, por lo demás, el arrullo de las palomas,
el canto de los ríos y el llanto de las rocas!
No importaba ya si en mi intento de contribuir a
reconstruir lo ya destruido
caería,
como tantos, en el árido camino.

Antes de mi partida,
mamá Hortulana, solo una cosa te suplico:
si me asesinaran, ¡recoge y entrega a las montañas
mis cenizas!
¡Envuelve en tu dulzura de pan y de cereza
los restos que quedaran de mi corazón!
¡Sacude de tus ojos la tristeza y ríe,
ríe para mí, linda mamá!

Hortulana, la parte de tu sangre
que corre en las venas de tus hijos
se debe,
para siempre, a la suerte de los nuestros.
En nombre suyo y de mi nombre,
te saluda y se despide, tu hijo,
¡Pedro Celestino!

HABLÓ EL *AUKI*

Armada hasta los dientes, a pie o a lomo
de briosas bestias, la soldadesca avanzaba
cuesta arriba.
Por mandato del Gobierno, venía a
imponernos más de lo mismo: servil trabajo.
De paso, disponía del suave y
caliente vientre de nuestras hijas y mujeres.
Tomaba para sí nuestras cosechas y
nuestro ganado. A tiros, nos imponía altos
pagos de impuestos.

Lo sabíamos: en el sur, incapaces de enfrentar
a rivales fuerzas invasoras, acababan de rendir
en su favor parte de nuestra geografía.
Antes, para rendirse, habían vuelto
sus armas contra nuestros hermanos resistentes.

Ante su avance contra los nuestros,
la hierba misma se dolía de
sus pisadas. Nuestros corazones, de antemano,
se sabían heridos y estafados.
La soldadesca era ajena
a la decencia y a la dignidad. Aun así,
a los cuatro vientos declaraban ser los defensores
de la patria.

En medio de la duda, cerca de un amanecer,
soñé
que mis asnos cargados con sacos
llenos de sal, sentados a una triangular pampa,
se convertían
en estrellas que convocaban
a hombres y a mujeres
a la danzaba de un huayno.
Tomados de la mano, en coro
cantaban todos: «Uchku Pedro,
¡tú eres nuestra piedra! ¡Prepárate a ser viento
y polvo! En ti, hermano Pedro Celestino,
¡reconocemos al agua y al fuego!».

Entronada a un *Apu*, una roca dijo:
«¡Deja tus minas, Uchku Pedro: ve y busca al
viejo Atusparia! ¡En tus manos deposito
un sol y dos luceros!».
Mi mulo pardo,
animal noble que en aquel momento era alado,
se integró a aquella danza, y, en eso,
un corazón hecho fuego
alumbró una serpiente, un puma y un cóndor.
Emocionados, estos se unieron a los danzantes
y cantaron:
«¡Tú eres nuestra piedra, Uchku Pedro!
¡En ti depositamos un sol
y dos luceros!».

Más allá, mis hermanos Maximiliano, Celestino
y Manuel, tanto como mamá Hortulana,
eran testigos de cómo,
a falta de papa y de maíz,

nuestros indígenas comían barro y tierra.
Gente laboriosa en sí, además del sol y del aire
libre, poseía como suyos solo el dolor y la miseria.
«Pedro Celestino —me abordó Maximiliano—,
¡cuenta con mis manos,
con mi pico y mi machete!».
Celestino, Manuel y Hortulana
exclamaron: «Uchku Pedro, ¡despierta,
vamos contigo!
¡Hagamos nuestros los luceros que el *Auki*
acaba de depositar entre tus manos!
¡Despierta, hombre, y vámonos
a rescatar para el pueblo la papa y el maíz!».

Desperté, montaña alta,
Y, diferenciándote en tu fracción Blanca y Negra,
besé tu oscuro suelo. Dispuesto a enfrentar
la arrogancia del poder hecha cuerpo
en la inculta soldadesca,
con tus fuerzas en mi ser,
decidí acudir al pueblo.

Socorrido por tu sal y por tu luz,
creí que la patria volvería a ser
nuestra. Nuestros hombres y mujeres,
tus hijos y guardianes,
jamás te maltratarían.

Entregados a ti y a sí mismos,
cada cual contaría con lo justo y necesario.
Las futuras flores,
lo creí,
servirían a cada cual para coronar

las estrellas y luceros enredados en la hermosura
de una danza de agradecimiento a tu apoyo.

Despierto o dormido, supliqué:
«Querido *Auki*, si hierro en la ejecución de tu
mandato, perdóname, solo perdóname, papá!
Como siempre, te ama: ¡Pedro Celestino Cochachín!».

PORAY

Gusto daba, compañeros, oír declarar
a la común gente: «Uchku Pedro y los suyos,
poray vienen, *poray* andan!».

Si los policías o los militares preguntaban:
«Cholo, ¿dónde se esconden los *uchkupedros*?»,
«*Poray*, señores», respondían.

Poray, mi pueblo y yo fuimos un *poray*.
Un día me dije: «A ti vengo, *Poray*;
de ti parto, *Poray*».

Eras, *Poray*, la tierra, la sombra,
la cueva, el más allá. Con fe
y sin ningún *ay*, por toda tu extensión, *poray*,
mis hombres y yo nos camuflábamos
y acosábamos.
Eludiendo la tormenta
de los cañonazos que arrasaban
árboles y rocas, caminábamos *poray*.
Descalzos,
entre las colinas y los montes,
éramos,
a veces, ayudantes de las pastoras
y las voces de los pájaros.

Cuando las personas que, autoilusionadas,
creyéndose a sí mismas representar
a Dios
en nombre de la confesión de lo que llamaban
los pecados, averiguaban nuestro paradero,
era un placer escuchar a los nuestros declarar:
«Los *uchkupedros*, señorcitos, andan nomás
con sus propias piernas
poray, poray!».

Poray, a cuestas, anduvimos. Pesadillas de unos
y esperanza de otros, éramos solo un *poray*.
Nuestros cuerpos cubiertos de andrajos
tenían solo un nombre: *poray*.
Ejerciendo su poder, militares y policías,
día a día, sin embargo, anduvieron
poray, manchándonos de polvo y de sangre

Aun así, *poray* crecimos y seguimos
multiplicándonos como crecen y se multiplican
las raíces de la *huaylla*,
nuestra grama y pasto diáfano.

IGUALDAD Y DIFERENCIA

Lo tenían todo planificado.
Cuando, en sus oficinas de la plaza de
Armas de Huaraz, expusimos nuestras
desventuras y propusimos algunas soluciones,
las autoridades máximas de la región
mandaron encadenar de pies y manos
a nuestros delegados.
Las campanas de la iglesia convocaron a
extraordinarias misas. Bajo sus versículos
y cantos celestiales, tiritó el azul cielo
ante el corte de pelo y los azotes públicos
que a piel desnuda les aplicaron.
¡Ay, madre! ¡Ay, tierra: nuestro
espíritu fue pisoteado y desolladas
nuestra dermis y epidermis!

Después de rezar, los señores hacendados
visitaron las dependencias gubernamentales
y, con sus manos cubiertas de guantes blancos,
animaron a sus funcionarios
a seguir interrogando «a todos los
subversivos».
Vestidos con elegancia, por si acaso,
ellos mismos preguntaban si insistíamos
o si renunciábamos a exigirles

que nos devolvieran las tierras
que ellos o sus antepasados nos robaron.
Otrosí digo: «Indios salvajes —exigían—,
¡demuestren cultura: construyan
carreteras y puentes que conecten los mercados
urbanos con nuestras haciendas! ¡En eso consiste
la reconstrucción de nuestra patria!».
«Sean patriotas, carajo —reclamaban los más
los extremistas—, ¡y entreguen sus hijos
al servicio militar obligatorio! ¡Sus
hijas y mujeres —concluían—
deben atender el servicio de cocina en nuestras
casas!».

Cuando respondíamos que nos debíamos solo
al servicio de las tierras
que ellos llamaban parcelitas en espera de
una oportuna privatización, estallaban en
extrañas carcajadas.

Si declarábamos que nuestra tierra era el sujeto
y el objeto de nuestras vidas
y que nuestro cerebro
razona en función de ella y de nuestras
mutuas necesidades,
nos declaraban primitivos u otra vez salvajes.

Para que no cupiera duda, alguno de los nuestros
exclamó: «¡La tierra es nuestra madre
y a ella le debemos nuestros sueños tanto como
la carne
de nuestros cansados cuerpos!». Ellos,
por repetida vez, levantaron sus puños y exclamaron:
«Ahí radica, piojosos y miserables indios,

nuestra diferencia con ustedes!
Para nosotros —proclamaron—, ¡la tierra es solo
un instrumento de uso
al servicio de nuestro particular bienestar!».
Cortaron el diálogo y llamaron, luego,
a sus policías y soldados.
Minutos después, matizada con
explosiones de pólvora y fuego,
descendió contra nosotros
una lluvia de latigazos y patadas.

En público,
obligaron a los detenidos a mascar
y a tragarse las trenzas y parte del cuero cabelludo
que acababan de cortarles o arrancarles.

La violencia de los azotes y de los puntapiés
se impuso: ¡obedecieron los nuestros!

Para satisfacción de los más radicales,
un coronel empezó a marcar nuestro pecho
y nuestro rostro con un fierro
prendido a fuego vivo.

¿Qué hacer, mamá Hortulana, si no armar
nuestra autodefensa?
¡Madre tierra, si acaso volviéramos a herirte
en el intento de luchar por eliminar las diferencias,
perdónanos! ¡Tú me enseñaste, mamá,
que la dignidad y la justicia no se negocian!
Liberándonos de la indignidad y de la injusticia
que nos oprimen,
¡te liberaremos, mamá, de todos tus dolores!

VECINO NUESTRO O AMIGO FORASTERO

Aunque no lo creas,
vecino nuestro o forastero amigo,
era así: para escuchar nuestra palabra,
los funcionarios estatales
exigían, primero, que les entregáramos
un regalito.
«Por ejemplo, un borreguito, un cerdo,
un cabrito o algunas docenas de huevos
o de quesos frescos»,
sugerían.

Las puertas de las oficinas de los burócratas
estaban agolpadas de gente que, para acceder
al derecho de disponer de las aguas de regadío,
compraban voluntades. Inundados de lágrimas
ante la posibilidad de no ser favorecidos
por los burócratas,
buscaban como intermediarios a los jueces
y a los sacerdotes,
quienes, a cambio de suplementarios regalitos,
ganaban los favores de aquellos,
sus familiares o compadres.

Los más descarados, además de tomar
los «regalitos sugeridos», exigían
la entrega de alguna muchacha.
El derecho de pernada era tan usual
como usual era la puesta del sol
en Occidente.

La patria, amigo vecino o forastero,
basaba su existencia en el absurdo.
Herida por el oficialismo
en lo más profundo
de su corazón,
derramaba cristalinas lágrimas de sangre.

Conmovidos, oímos cómo los montes
y las piedras se sacudían de rabia
cuando el mando militar supremo decretó:
«A partir de la fecha, los indios han de pagar
al Estado
dos soles de plata por semestre.
Trabajarán, al mismo tiempo,
sin excepción alguna, obligatoria y gratuitamente,
en cada una de las haciendas, sean sus dueños
civiles o militares. Sus hijas y sus mujeres,
deberán, por lo demás, ejercer,
en cada una de las casas de sus bienhechores,
servicios especiales. Quien a estas disposiciones
oponga resistencia no armada,
será castigado con la pérdida del derecho
al pasto para su ganado en las colinas
o también con la pérdida de todas sus parcelas.
Subrayamos que quien oponga resistencia armada,
será castigado con la pena de muerte.

Por Dios, por la Patria y por la Ley, firmado:
Coronel Manuel Noriega,
encargado del Gobierno de la Región de Ancash».

Literal, éramos presas de la humillación
y del abuso. Para nosotros, lo único garantizado
eran los latigazos, los puntapiés, los trabajos
gratuitos y los pagos obligatorios de impuestos.
Para presionar nuestra conciencia, nos arreaban
hacia sus iglesias. Luego de imponernos sus rezos,
a algunos nos emborrachaban.
Con gestos de falsa amistad, declaraban querer
ayudarnos a curar nuestra dentadura y
llamaban a un médico dentista.
Si este no lo había, ellos mismos usaban de algún
alicate y, por las buenas o por las malas,
nos extraían y arrebataban para sí
nuestras piezas bucales de oro o de plata.

Sin cesar, minuto a minuto, nos empujaban
hacia la miseria. La vida de sus animales valía
más que la nuestra. Con todas sus
torturas, lograban convertirnos
en seres taciturnos, sin palabras,
divagantes e indiferentes al futuro.

Anacleto Méndez Loli, el poeta, me advirtió:
«Tú eres Pedro Celestino Cochachín,
uno de los hombres que lucharon contra
los soldados invasores de la patria.
Hermano y padre nuestro:
ayúdanos a organizarnos y a revertir nuestra
desesperante situación. Adonde vayas,
¡Pedro Celestino, yo iré contigo! ¡Por todos

tus caminos,
seré tu mano, tu sombra y tu pluma!».

Consulté a la mamá coca
y asumí su mensaje. «Hijo mío —me sopló ella
al oído—, la lucha de nuestra gente y de nuestra
geografía es por la paz y también por la justicia.
¡Apórtale el concurso de tus fuerzas!».

Fue entonces que el *Auki* insistió en hablarme:
«Pedro Celestino Cochachín, ¡despierta, hijo,
y enlaza tus manos a las manos alzadas de tu
pueblo!».

Deseché mis dudas y me confundí
con los hombres y mujeres que dijeron
«¡basta!». Sin buscarlo,
en los campos de batalla,
poco a poco
acabé siendo el coordinador
de todo el movimiento.

A nuestro paso, las flores de las múltiples
plantas aportaban su acumulado rocío
a nuestra sed.
Vecino nuestro o forastero, si tu alma no se
niega, divulga entre tus amigos esta verdad
sencilla: nuestro levantamiento estaba
impulsado por nuestra sed de la justicia y de paz.
Para conquistarlas, teníamos que asumir
el desafío del nutrido
fuego con que nos recibían los que se creían
dueños
absolutos y únicos de nuestra patria, ¡el Perú!

LUCÍA, MI AMOR

Lucía, mi amor,
¡acerca tu corazón al puente de mi fe!
Con tu alma de alhelí en capullo, recoge
mis sueños de paz.

Desde el monte, mi amor, te cuento:
se acercó hacia mí un guardián de sembríos,
apenas un muchacho él,
y, luego de besar el bastón con que el cual
se defendía y atacaba,
a boca de jarro
me dijo:
«Papá Uchku, *arariwa* nomás fui,
y ahora soy solo tu combatiente.
Nieto del Tulumaya, a falta de alimentos,
crecí comiendo yerba fresca.
Huerfanito absoluto, con la sensibilidad
de un cordero, aspiro a ser solo persona.
Por mis campos, lindo papá,
un día
las montañas y los montes se vistieron
de siete múltiples colores.
Portándolos a todos como si se tratara de una
gran bandera, te vi montado a tu caballo,
agitándote como una rama movida

por el viento.
Revelé mi visión a mi patrón y él empezó a
llamarme *waq'a/waq'alanqo.*
Molesto, me negó las hierbas que me servían
de alimento.
"Si has de tragar —me dijo—, que sea solo
las hierbas que te ofrezcan los caminos:
las de mi hacienda las necesito para saciar
el hambre de mis animales".
Disculpa,
papá Uchku Pedro,
que te cuente esta mi historia. No sé leer
ni sé escribir. Menos mal: solo sé hablar.
Por eso, papá, deja que te diga que,
junto a ti,
quiero agarrar el relámpago
que vomitan las armas de los militares.
En él quiero montarme y ascender a la luna.
Mamá Killa,
papá Uchku, apenas nací se llevó
a mi mamá ventral y allá en su superficie,
convertida ella en una de sus luces,
en su rueca anda hilando un poncho para mí
y para todos los que viven
comiendo yerba fresca como yo.
Cuando en la tierra reina la sequía,
es ella quien sopla y llena las nubes de agua dulce.
Fue ella, papá Uchku, quien me mandó a luchar
a tu lado. Disculpa que repita un poco apenado:
de corazón deseo, papá Uchku,
agarrar el relámpago
que vomitan las armas de los militares,
montarme en él y ascender a la luna!».

Lucía, sé de muchísimas penas y tristezas.
Lejos tú de mí, te pido, por eso, amor mío:
¡acerca tu corazón al puente de mi fe!
Con tu alma de alhelí en capullo, recoge
mis sueños y dales forma de paz.
¡Solo de paz!
Si te impaciento, discúlpame, mi amor.
Te adora, Pedro Celestino.

HUARAZ: LÁMPARA ENCENDIDA

En medio de la ebullición,
Pedro Pablo Atusparia fue elegido
cabeza de la dirección del movimiento.
Alcalde mayor de la instancia
de Marián Pampa, fue uno de los vejados
en la plaza de Armas de Huaraz.

Eras tú, Huaraz, una lámpara oscura.
Tu entorno sabía a cáscara de fruta envenenada.
Cerca de ti, el río Santa,
opulento en sus corrientes, era mi testigo:
entrar en ti equivalía a poner un pie
en la fría puerta que comunicaba con la muerte.

Para devolverte la vida y la bondad,
Huaraz,
Pedro Celestino Cochachín
levantó, menos mal, cuatro frentes.
En tu defensa, más que cuatro frentes
fueron cuatro soles de combatientes cuyos rayos
de luz eran los corazones de honrados hombres
y mujeres.

¡No había otra forma de hacer oír nuestras quejas
y necesidades ignoradas por la voluntad

de la élite que nos gobernaba desde la exótica
capital de nuestra patria!

Avisados, los agentes del *statu quo* empezaron
a darnos caza. Era su manera
de practicar su inteligencia y su autoridad.

Con las razones del polvo y de las piedras,
en medio de nuestra marcha
alzó la voz
Severino Tukushuanca. Parco y grave de por sí,
informó:
«Manuel Granados, compañeros, es el lugarteniente
de nuestro
jefe Uchku Pedro
y será él quien
nos dará la señal de abrir fuego».

En aquel momento, lo supe: las tropas enemigas
dirigidas por mercenarios europeos,
deseosas de cebarse contra los nuestros,
nos esperaban en cada esquina tuya,
Huaraz.

Nuestro frente oeste, así lo había dispuesto
Pedro Celestino Cochachín, alentado por las cristalinas
aguas de nuestro río Santa,
estaba comandado por el mismo Tukushuanca.
Cuando Manuel Granados nos dio,
por fin, la señal de combate,
armados con ondas y machetes,
avanzamos
a enfrentarnos con la parte más agresiva de la artillería,
armada hasta los dientes.

Sus hombres, lo sabíamos, comandados por el
mayor Segura y el capitán Protacio Gonzáles,
concentraban a los famosos
destripadores de indios.

Camino sin retorno el nuestro,
a nuestro paso cantamos tonadas de amor
a nuestra tierra.

De pronto, llovió fuego.
Incendiados los caminos, muchachas y muchachos,
empezamos a derribar *destripadores.*
Sobrepasados por nuestra furia,
los agresores huyeron.
Tu lado oeste, Huaraz, fue nuestro.
En nuestras manos, olías
a pulpa de fruta madura liberada
y a aire fresco.
Mientras con las poderosas corrientes de las aguas
lavábamos algunas heridas nuestras,
renovamos nuestra fe y alegría.
En solos de guitarra, improvisamos cantos
y tonadas.
Era nuestra forma de declarar nuestro amor
hacia lo nuestro.

«El frente del sur estuvo a mi cargo
—oí contar más tarde,
pausada y con extrema humildad,
a Federico Lucero—.
Nos batimos —agregó—
contra la tropa comandada por el teniente De la Veaux
o Delaveaux, alias la fiera enloquecida.
Cuando pusimos en desbande a sus soldados,

sacó cabeza e intentó, solo,
reemplazarlos: azuzó a su potro y pistola
o espada en mano, disparó y descuartizó
vientres femeninos. Como divirtiéndose,
cercenó cuellos, destruyó pechos
y, de a medio a medio, dividió cabezas.
Cerca de mí, advirtió entre troncos y malezas
la mira de mi escopeta apuntando
hacia su malvado corazón,
y emprendió la fuga. En desorden,
fiera enloquecida de uno a otro extremo de su ser,
¡huyó echando espuma por su boca!
El sur de Huaraz fue liberado,
comandante Uchku Pedro. Y la alegría
fue otra vez nuestra!».

«En el frente norte —informó
el bravo Manuel Granados—, vital y decisivo,
enfrentamos a uno de los comandantes más duros
de entre los duros, el famoso rubio
¡teniente Smith! Borracho, antes de entrar
en combate, arengó a sus soldados:
"Tropa digna, apenas rompamos fuego, pórtate
como yo. Solo en los alrededores de Huaraz,
este tu comandante violó, solito,
a más del ochenta por ciento de las mujeres
mayorcitas de nueve años. Ahora, ¡tienen mi
autorización para sobrepasarme. ¡Fuego!".

Para sorpresa nuestra —agregó Manuel Granados—,
las pedradas, los varazos, las sogas, las hoces
y los machetes
concurrieron con nuestros picos
y escopetas. Fueron las mujeres las que,

arrastrando una serpiente elaborada con hilos
de oro, una réplica grande, larga
y roja en su piel y en sus cabellos como lo era
el teniente Smith, arrasaron con sus hombres.
"¡Vencimos al Diablo!", celebraron una vez
concluido el combate.
Entre sus llantos y sus aplausos, las oí subrayar:
"Diablo era el apodo del comandante Smith!".
"Donde él ponía sus pies —declaraban—, la tierra
se convertía en un reino infernal". Vencido el Diablo,
el frente norte, comandante Uchku Pedro,
estaba listo para empezar a construir nuestro propio
paraíso».

Para escuchar a Ángel Baylón,
interrumpimos nuestros bailes y nuestros cantos.

«El frente del este, compañeros —sostuvo Baylón—,
combatió bajo mi mando. Conmigo estuvo nuestro
jefe, Pedro Pablo Atusparia.
Tuvimos como enemigo —agregó— a las tropas
comandadas por un teniente apellidado
De la Roix.
Pedro Pablo Atusparia es,
entre otros, mi testigo:
en su avance contra los nuestros, los soldados
de De la Roix incendiaron la tierra. Sin que
sepamos cómo, convirtieron las sombras
y el viento en vivo fuego. En cuestión de segundos,
nos mataron tanta gente
que la sangre derramada se empozó.
Semejante a una profunda y
tétrica laguna, amenazaba desbordarse
y arrasarnos.

Cuando lo creíamos todo perdido, detuvimos la
masacre. Menos mal, animadas por la bravura
de los ecos de nuestras altas y bellísimas montañas,
nuestras fuerzas sorprendieron a los soldados
de De la Roix y, aislándolos en tres fracciones,
empezaron a darles caza.
"¡Sálvese quien pueda!", oímos su grito,
espoleando a la deriva a su caballo.
En su desesperación, trató de alcanzar la plaza
de Armas. Comprensible: buscaba allí
a sus superiores. ¡Falso camino!
¡Tras de sí, nuestra gente le tendió un cerco!
¡Con suerte, escapó! ¡Mal viento lo llevó faldas
arriba de los cerros! Desbocado su caballo,
¡se perdió entre los bosques!
En mis oídos resuenan aún sus últimos y miserables
desvaríos: "¡A las botas! ¡A los charcos! ¡Muerte a
los comuneros y a los comunistas!"».

Concluidos los informes, aunque agotados,
éramos un océano de fe y optimismo.
Concentrados en la plaza de Armas, junto
al grueso de las compañeras y de los compañeros,
como en un afortunado sueño,
repicamos las campanas de las iglesias.
Entre improvisados cantos y danzas,
nos convencimos de que la libertad podía estar
al alcance real de nuestras manos.

Huaraz, melliza hermana de la piedra,
ciudad que irradia miles de interrogantes
y de dudas, de pronto dejaste de ser
una lámpara oscura.
En mi flamante devoción y gran cariño,

empecé a verte como una gran lámpara encendida.
Te declaré, acaso con mucha ingenuidad, hogar
y sede del fuego creador y saludable.
Tú fuiste, en aquel momento, la patria
que yo quería.
Para ti, me prometí,
siempre afinaría mi guitarra.
En tu defensa, poniendo mi fusil entre paréntesis,
desde entre tus hombres y mujeres,
siempre cantaría.
¡Canto, por eso, y quiero verte
limpia, grande y justiciera!

INCONDICIONAL Y PASIONAL

A la cabeza de sus amigos íntimos, galopando
su caballo, huyó el señor
coronel Collazos.
Después de Huaraz, las alturas de Aija lo vieron
robando. ¡Robando, siempre robando!

A la cabeza de sus amigos,
asaltaba a los pequeños productores de menestras
y de ganado. Siempre necesitados de algo,
él y los suyos se alzaban las cosechas,
el ganado y sus gallinas.
Antes de retomar sus caminos, declaraba
el señor coronel Collazos:
«Yo fui y sigo siendo la autoridad
regional máxima. ¡A mi voluntad
han de someterse lo humano, lo vegetal
y aún lo mineral!».

Sus amigos, confesaba,
eran solo sus guardaespaldas.
Cuando en sus asaltos descubrían alguna chichería,
bebían y se emborrachaban
para después divertirse disparando de casa
en casa. A balazos, desmembraban piedras,
aterrorizaban plantas, animales y a la gente.

Cabalgaba
el señor coronel Collazos,
rodeado de hombres muy alegres,
multiplicando la muerte,
¡dividiendo las sombras a sablazos!

Entre los nuestros, sus amigos y él habían dejado
un intenso olor a humo, a cadáveres y a ruinas.

Luego de su huida, en una esquina
de Huaraz, oí a un herido que, desde su caballo,
antes de rendirse a un súbito desmayo,
difundió esta noticia oficial:
«El Gobierno central,
amigos, se niega con nosotros a dialogar».

Rompí mi silencioso y pregunté: «¿Puede alguien
afirmar
que alguna vez el Gobierno del Perú dialogó y asumió
algunos de nuestros puntos de vista?
¿No fue que siempre acusó
como apátrida y comunista
a todo crítico y oponente suyo?».

Un gran murmullo
envolvió el ambiente. «Tras Collazos,
—afirmó una voz—, ¡nuevos cuervos vendrán!».
«El ladrón Collazos —aseguró alguien—
¡fue solo el primer eslabón de una mala cadena!».
«¡Nuestros valles y nuestras lomas van a ver
llegar nuevos Collazos!», gritó el público
en la plaza de Armas reunido.

En medio de nuestras inquietudes, lo vimos:
con muy pocas excepciones, los del clero se unieron
a la histeria del central Gobierno.
Autoritarios como los militares, lo primero
que hicieron los señores sacerdotes
fue inducirnos a escuchar el mandato de Dios.
«Los clavos y los dos
maderos de su hijo en la cruz —predicaron—
os llaman por nuestra boca a asumir la rendición.
De corazón os pedimos:
"¡Cedan ante las nuevas tropas del Gobierno!"».

Firme y tierno,
exigió el pueblo: «¡Queremos diálogo, justicia
y paz!».
«¡Nada de diálogo!», contradijeron.

Asumida su decisión mordaz,
por seguridad, luego, ¡se escondieron!

¿Rendirse? ¿Soportar
por más tiempo la oscuridad de sus decretos?
Excluidos de su bíblico mandato «No matar»,
¡seguían viéndonos ellos como a seres humanos
incompletos!

Una vez que decidimos resistir,
los señores sacerdotes ordenaron el repique
múltiple de sus campanas.
Día y noche, ¡llamaron a procesión!
Taita Mayo fue cargado por las calles.
Sobre la arena de ilusiones vanas
concurrieron corridas de toros,
peleas de gallos e inútiles juegos de cristianos

venciendo a falsos moros.
¡Falsas payas y falsos hermanos
distribuían a diestra y siniestra abundante trago!

Con amago
de neutralidad fingida,
los señores sacerdotes informaban
a los agentes del Gobierno
de los pormenores del quehacer de nuestras vidas.

Sin rubor alguno, declaraban:
«¡Los rebeldes merecen el infierno!
¡Por bárbaros, Dios les tiene prohibida
las puertas del cielo!
¡En el más allá, les niega todo beneficio
y cualquier consuelo!».

En falso compromiso, nos abrazaban y acariciaban.
Si nos rendíamos, prometían, orarían
«por toda la indiada».
«Os amamos», declaraban.
«Por la sangre de Cristo —afirmaban—,
si se rinden, os vamos a amar mucho,
mucho más!».

Cuando, en torno a nuestro sueño,
emergió la nueva soldadesca, echaron de nuevo
al vuelo sus campanas.
Durante tres mañanas,
con voz amenazante y sangre fría, clamaron:
«Si quieren seguir viviendo como el pez
en el agua, ¡tienen que deponer
las armas!».

«¡Que se rinda vuestra madre!», contradijeron, a coro,
un gran hombre anónimo y una gran anónima mujer.

¡Me doliste, patria!
De saber que ante puertas teníamos ya a los nuevos
Collazos, lloré por ti y ¡aún lloro!
¡En tu complejidad, no sé si más me asfixias
o me dueles!
Aun así, ¡para liberarte
de tus cuervos y de tus negras noches,
cuenta conmigo como sueles
contar con la lluvia que, al irrigarte
cuesta arriba o cuesta abajo, incondicional
y pasional
anega tus puentes, tus caminos y tus coloches!

COMPAÑERO PICAFLOR

Picaflor nuestro,
oro y plata que aleteas en mi sueño intermitente,
tú los viste, compañero:
comandados por el coronel Manuel Callirgos,
su nuevo jefe en lucha contra el pueblo,
los soldados avanzaban.

Para tomar valor
y enfrentarme a sus matones, invoqué tu asesoría.
Milímetro a milímetro, si no encontraban gente,
destripaban bueyes, perros,
zapallos, melocotones.
¡Tú, compañero, gracias a tu compañía
en maravillosos vuelos en zigzag,
lograste lo imposible: me aportaste parte de tu
invisibilidad,
y la soldadesca, ciega por la rabia,
¡no pudo tirotearme!

Veraz y ágil,
me regalaste parte de tu vida. Como tú,
sobreviví para testimoniar
que militar más, militar menos, por donde pasaban,
violentaban lo visible y lo invisible.

Suspendido con tu polen acumulado en el viento,
junto a mí,
alimentaste a los heridos
que iban quedando en el camino.
Tú, como yo, los viste.
Primero,
asesinaron a nuestro
alcalde, Simón Bambarén, un ciudadano
que salió al frente para explicarles que no valía
la pena matarse entre humanos.

¡Tú, como nosotros, amabas a Simón Bambarén!
Después de quitarle a él la vida,
violentaron la intimidad de niñas y mujeres.

¿Qué nos quedaba que pudiera llamarse
decoro, honra y dignidad,
Picaflor?
En medio de nuestra duda,
compañero,
tú nos entregaste la bondad de tus aromáticos
alimentos.
Agradecidos por tu aliento y
fascinados por tus alas de oro y plata,
¡decidimos asumir tu defensa y la nuestra!

Sensible e inquieta ave,
Picaflor, tú bien lo sabes como yo:
más borrachos que un tonel,
ejecutando las órdenes de sus oficiales,
en nombre de su Estado,
la ciega maquinaria que eran
los soldados
disparó y enlutó a nuestra patria.

Su trágico paso era aplaudido por la gente adinerada.
¡Nuestros muertos no les decían nada!
¡Celebrando sus caídas, alzaban sus copas
y brindaban
por el logro de su aplastante reconquista!

Conmovidos ante tan brutal conducta,
el oro de tu pecho y la plata de tus alas,
Picaflor,
palidecieron.
Animados y guiados por ti,
tierno y amable compañero,
huimos de la lluvia de las balas.

Con Pedro Celestino a la cabeza,
Picaflor,
con la ayuda de la suerte de las rocas,
devine en fanático devoto de tu vuelo.

Digna ave de la admiración de un puma,
en mi onírica existencia,
día a día aspiro a ser como tú.
Sueño que la pureza
y el esplendor de las flores
dan forma a mi pie, a mi acción y a mi alimento.
Por ahora, solo te pido: ¡acerca tu néctar a mi boca
Y, con tu suave aletear, relaja un poco mis dolores!
Inquieto compañero: de a dos,
tú y yo, pecho a pecho,
como dos viejos amigos o hermanos,
¡votemos por las raíces y las plantas,
alcemos contra la muerte nuestras vidas
y derribemos el odio con las armas del amor!

METAMORFOSIS

Junto a la pluma de Anacleto Méndez, mi secretario,
Lucía, de día o de noche, despierto o dormido,
veo caminar una mula cuyo cuerpo encendido
muestra una lengua que escupe un raro abecedario.

En torno a él, un remolino o un polvo extraordinario
la troca en animal de dos y hasta de tres cabezas.
Huele su pelambre a azufre de tupidas malezas
y engendra con sus cascos un ruido estrafalario.

Aúllan los perros y huye la gente de tan atípica mula
en tanto con ella anda la luna. Coqueta y muy chula,
parpadea, derramando su luz sobre mi difícil camino.

Pienso en ti, en tu ser, en nuestro pueblo y en su sino.
Y, entre tanto, tiembla la tierra y la mula ígnea asume
pétrea forma humana que me cerca, abraza y consume.

TODOS PARA UNO Y UNO PARA TODOS

Rodeados por los militares armados
hasta los dientes, entre la población común
irrumpió de la noche a la mañana
la anarquía.

Nerviosas nuestras filas,
bastó tu presencia,
Uchku Pedro, para que la dignidad
volviera a cada cual.
Te vimos limpiarte el polvo de tu frente,
echar tus negras trenzas hacia tu espalda,
te escuchamos toser y,
en torno a ti, tal cual vuelve la luz
por la mañana, volvió la confianza,
la unidad y el orden.

¿Qué hacer, comandante de ojos negros,
espalda ancha, bronceada piel, talla mediana
y firme espíritu?

Ante la divulgada bestialidad militar,
nada novedosa entre nosotros,
invocaste tranquilidad y paciencia.

Propusiste confrontar la ceguera del régimen
con un incondicional diálogo. «Con flexibilidad
—afirmaste— y con concesiones mutuas,
podemos abrir trochas y caminos ajenos a la muerte».

Soberbios,
ante tus mensajeros,
los uniformados ignoraron tus propuestas.
Deseosos, como siempre,
según constó a todos sus palabras,
«de dar una lección a la indiada»,
respondieron que entre los suyos
había chinos y negros
deseosos de ser liberados de su condición de esclavos
de los latifundios, siempre y cuando al final de la
batalla cada cual certificara
haber pasado por las armas a un mínimo de un
centenar de entre los nuestros.
¡Su política era la suma y la multiplicación
de la muerte!

Conmovidos, las mujeres y los hombres
del pueblo
retomaron sus hondas, sus machetes y sus escopetas.
Desesperados, algunos solicitaron autorizar el uso
indiscriminado de la dinamita. ¡Tú contabas con
aquella arma, Uchku Pedro!
¡Con ella podríamos haber arrasado con sus cañones
e incluso con sus villas y palacios!
¡No, gran comandante!
¡Tú despreciabas los triunfos fáciles!
Tu amor a la vida te llevó a priorizar
la necesidad de diferenciar entre el grano y la paja.
Minero experto, recordaste que

entre la roca y la arena se escondían las pepitas de oro
y de plata. «Entre la tropa, hay vidas que
tenemos que salvar», dijiste.
Sabio agricultor, en contra del gusano, apostaste
por el trigo.

Concluidas las gestiones dialogantes,
condenaste la mentalidad colonial de nuestros
gobernantes.
Decidido a enfrentarlos,
con la paciencia que te hacía pariente
de las aguas y de los volcanes,
seleccionaste objetivos.
Manuel Granados, el estratega que
pulió e hilvanó tus decisiones, acudió
en tu apoyo. Con la brillantez y la luz que le
prestaba el Huascarán,
con él alzamos nuestras manos e intentamos
alcanzar la intensidad azul de nuestro cielo.

Como si fuera el mismo Huandoy,
una de las más hermosas
alturas de nuestra blanca cordillera, se puso a tu
disposición el maestro Ángel Baylón.
Pedro Pascual Guillén, el hombre en cuyo rostro
se daban la mano la sapiencia de las terrazas
y el resplandor de los naranjos,
ante ti y ante el pueblo gritó: «¡Presente!»,
y fue como si
el Pucaraju nos hubiese contagiado su energía.
José Orobio siguió a Severino Tukushhuanca
y tras suyo avanzó Fernando Roque. Cada cual
caminó hacia ti,
querido comandante,

con la cadencia de los ecos que nos depara el
imponente Alpamayo.
Marcelino Sifuentes, José Alegre y
Luis Felipe Montestruque, hombres
de puños y pómulos semejantes a los contornos
del monte Chopiclaqui,
se juntaron y guiaron bajo tu asesoría a millares
que con tu espíritu clamaron:
«Todos para uno y uno para todos!»

Estructurada nuestra resistencia,
¡la leña reforzaría a los machetes! ¡Las palanas
potenciarían a los picos!
¡Las piedras apoyarían tu palabra!
«¡Nuestra lucha —declaraste—
es por la reciprocidad, por el pan,
por la ciencia, por el arte
y por una real y auténtica libertad!».

Abierto el fuego,
nuestras hondas no pudieron contra los cañones;
nuestras escopetas
fueron humilladas por las metrallas;
nuestros machetes, destruidos por los fusiles.
Milímetro a milímetro, fuimos reducidos a palomas.

Antes de ordenar la retirada, afirmaste,
Uchku Pedro: «Si con la entrega de mi alma
y corazón pudiera, compañeros,
salvar la integridad y la vida del común
de nuestra gente y la de ustedes,
¡me entregaría a los asesinos de la patria!».

Hombres y mujeres ofrecían
sus tiernos pechos por el tuyo. Te rodeamos
y te rescatamos desde entre las ruinas.
¡Aquella vez no pudieron alcanzarte!
¡Heridos en lo que llamaban su «honor»,
volvieron a declararte enemigo público número uno
y, para echarte mano, decidieron implementar
el juego sucio!

Celestino fuego y padre nuestro, adonde voy
llevo la llama que tú fuiste.
Las terrazas y las semillas lo declaran:
tu vida y tu muerte nos alumbran con la altura
de nuestras montañas y con la claridad
de los ríos que ellas generan.
Nuestro padre el Huascarán, comandante
Uchku Pedro,
ató a su corona tu filosofía y en su capa de eterna nieve
da vida a tu sonrisa
y a tu mensaje: «¡Todos para uno y uno para todos!».

¡DORMIR, SOLO DORMIR!

Anfitriona de la armonía y del silencio,
intrincada y blanca cordillera,
tu corona, hermana del azul cielo,
alimenta mi corazón y mis ensueños.

Vientre original del hielo,
pétrea tatarabuela de los ríos,
en tus múltiples faldas fui solo un árbol,
un ave afortunada, un lago sosegado,
una quebrada animada por las parvas,
un trigal hermano de los lirios,
un alma errante,
una certera lengua de tus vientos.

Y de ti, negra cordillera,
inseparable brazo de mi cordillera Blanca,
me supe tu sed.
Tu sombra y tu espíritu
me convirtieron en parte del abanico
de tus dimensiones.

En ti,
negra cordillera, fraternicé con los abismos,
los cuales me parecieron ser reservas
de las noches.

Caminando casi a ciegas, oliendo tu suelo
aprendí
que mis ojos eran tus ojos.
Mordido por tu frío,
saludé a tus inquietas nubes
y, alegre, disfruté de tus frutos múltiples.
Tus rocas me aportaron su constancia,
tus animales vivos, sus pieles y sus cantos.
A veces fui muda boca de tu altura
y lengua milenaria amante de tu sombra.

A vuestros pies, blanca y negra
cordilleras,
descubrí y asumí el Gran Arco Iris
que vuestro espíritu
tejió para la Tierra.

Hijo legítimo de vuestra luz,
mano abierta de vuestra lluvia y vuestros ríos,
por vuestra voluntad
asumí ser la escoba de las pasiones ciegas.
Mi corazón, una sístole y una diástole
anegadas por vuestros ensueños celestiales,
acogió la flor de los cactus,
se nutrió del calor y del frío de las piedras,
hizo suyo el rocío y, con él, saludó
a los campos y a las hierbas.

Si alguna vez caigo, blanca o negra cordillera,
solo quiero una gran cosa de cada una de ustedes:
que vuestra amatística ternura
abrace y proteja a mi gente.
Después, acójanme a vuestros pies y déjenme
dormir. ¡Solo dormir!

LOS COMBATIENTES

MANUEL GRANADOS

Manuel Granados, un caballero en la refriega.
Aunque duro, paciente observador, era cordial.
Servir de corazón a su pueblo era su máximo ideal.
Dormido o despierto, procuró ser su estratega.

Como el sol de la mañana, a cada hogar llega
su recuerdo de ojos claros, fijos a veces a un panal.
Caminando al viento y a la aurora, parecía inmortal.
Su ausencia nos muerde, nos abruma y nos anega.

En el mejor momento de su vida, cinco mortales
balas derramaron de su cuerpo su sangre a raudales.
Su silencio amarró a mis huesos una rara soledad.

Por el campo anuncian en sus trinos los zorzales
que él vive aún y que su espíritu nutre los maizales
preñados ya de un mundo de paz y de hermandad.

TESTIMONIO DE MANUEL GRANADOS

«Sin documentos personales que probaran su nacimiento,
se me acercó un pongo diminuto, delgado y encorvado.
"Papá —me dijo—, comprende mi sufrimiento:
¡acabo de huir del patrón!". Humillado,
se tendió en medio de la plaza de Armas de Yungay.
Pálido, me mostró en su rostro una marca.
"¿Saben de dónde es este hombre?", pregunté. "De por ahí",
dijo alguien. En lengua clara y parca,
subrayó: "¡Refugiado en la plaza de Armas de Yungay,
este pongo no es la excepción!".
Afligido mi corazón,
oí al hombre toser. Contempló, luego, el cielo turqués;
suspiró con profundo dolor y, agarrado a su camisa,
su vestimenta única, accedió al más allá.
El llanto del pueblo por él empujó mi humanidad
a lo que creí ser el método de una justiciera solución:
la práctica de la revolución».

ÁNGEL BAYLÓN

El puente sobre el río Santa,
viejo sabio, Ángel Baylón,
fue tu barricada última.

Prudente, invitaste a tus hombres a vestirse,
como tú, con el barro y el cascajo.
Entre las dos orillas de tu río padre,
invisible, los tuyos enfrentaron y rechazaron
a la soldadesca.
Viejo sabio, libro abierto para quien
tuviera ojos,
en medio de la batalla sentenciaste:
«Con nuestros machetes, ¡matemos a la muerte!».

Cuando de cuerpo entero lucías tu sonrisa,
te sorprendieron ¡y te acribillaron!
¡Mataron, en ti, al león de tierras altas,
al amigo de la ciencia y la ficción,
al hijo de la atmósfera en botón!

Para vergüenza suya, ¡se ensañaron
reventando parte a parte tu menudo cuerpo!
Pese a todo, único y entero,
transparente y puro,
ocurrente y sonriente,

vives en el barro, en el cemento y en las ondas
del gran río Santa. Imbatible como él,
tu imagen y tu ejemplo
son dos inmortales gotas líquidas que afirman
los movimientos de los peces y las sombras
de los árboles.

Junto a ti, Ángel Baylón,
nos contagiamos de ternura y de firmeza.
Tus palabras, maestro,
nos acercaban día a día al calor del musgo,
a la voz de los bosques,
a la música y valor de las piedrecillas.

En los puentes de nuestra patria,
compañero,
sabemos que por nosotros te acuestas,
te sientas, vigilas y nos cuidas de la muerte.
«A quienes nos matan —fueron tus últimas
palabras—, ¡hay que regalarles flores
y acosarlos con ráfagas de ensueños!».

Con afecto, te sabemos nuestro
y te escuchamos, compañero.
La gente del poder y del dinero
suele imaginarse que andas por allí,
aconsejándonos,
¡y vuelve a dispararte!
En sus iglesias, de a dos o de a tres,
día a día, ¡te niegan y condenan!
Muy a su pesar, nosotros, gente común
y corriente,
nos hemos convertido en tu estela
y en tu puente.

Con lo que era tu barro y tu cascajo, Ángel Baylón,
seguimos intentando matar a la muerte.
Cumplida nuestra labor, ¡cultivaremos
las flores de amor que también tú pensaste
regalarle a la vida!

TESTIMONIO DE ÁNGEL BAYLÓN

«Anacleto Méndez Loli —solicitó Ángel Baylón—,
el gran viejo de un dulce corazón,
para que nuestro pueblo haga memoria,
escribe esta parte de mi historia!».

«Yo, Anacleto, siempre fui una puerta abierta.
Después de mis labores agrícolas y cubierta
la necesidad familiar de alimentos y vivienda,
me daba tiempo para el que consejo
en mi tienda
o en mi casa en mí buscaba.

Con frecuencia, uno u otro sacerdote me abordaba
y suplicaba: "Papá Ángel, haz de darme un pato,
una gallinita o un borreguito para mi consumo".
Atento, de entre mi fogón, apartaba el humo
y le donaba el fuego y, de entre mi plato,
¡ni que hablar, lo mejorcito le cedía!

Mas el día
que el coronel Collazos mandó azotarnos,
el uno o el otro curita aplaudió sus necedades.
"Quien con tempestades
paga a sus bienhechores, señor curita
—dije a uno de ellos—, ¡no es digno de Dios!".

Con voz contrita
preguntó él: "¿Qué haces vos
entre los condenados revoltosos?".
"Sus militares y patrones, todos muy *piadosos*,
—respondí—, nos abusan
hoy y desde siempre. A balazos,
nos quitaron la tierra. Desde entonces, nos acusan
de ser unos ociosos. A sablazos
y con verbo rastrero
(en afirmarlo no seré el último ni el primero),
a cambio de una falsa paz,
nos prometieron un inexistente paraíso.
Entre tanto, ¡conducta falaz!,
de nuestro oro y de nuestra plata se apropiaron.
¡Ahora, más impuestos y trabajos gratis decretaron!".

"¡Para mandar u obedecer el hombre se hizo,
y tú, Ángel Baylón, al igual que los tuyos,
naciste para obedecer!", clamó aquel sacerdote.
Entre vivas y murmullos,
lo aplaudió el coronel Collazos.

Furioso, ¡contra ambos levanté mis brazos
y al sacerdote estuve a punto de agarrarlo del cogote!».

PEDRO PASCUAL GUILLÉN

Puya alta florecida entre los puquios:
para lavar el llanto de las mujeres
y de los hombres ultrajados,
supiste hacerte hombre.
Pedro Pascual Guillén,
tu nombre y apellidos se alzaron
contra la miseria administrada.

Entre los compañeros, tus ojos semejaban
a los del puma. En medio de la oscuridad,
tu sabiduría era la de la serpiente.
En tu dignidad, el rayo alimentó tus venas,
y las montañas,
tus ansias de equidad.

Armado de razones,
acudieron a tus manos, limpias y redondas,
la honda y las piedras.
Fueron los momentos en que tu corazón,
oro puro para tu pueblo y tu tierra,
nos supo a maravilloso sujeto protector.

Cadenciosos tus pasos,
fuiste millones de veces Pedro
y millones de veces Pascual.

Multiplicado, caminabas por cada instancia
y por cada caserío.
Donde quiera que acamparas,
Pedro Pascual Guillén,
animándonos a caminar contigo
tras tus rastros emergían una flor
y un sombrero.

A la cabeza de los que reclamábamos
sal y miel para la vida,
tu potro color fuego asumió tu dignidad.
Sediento de derecho y de justicia,
cabalgaste en búsqueda de los causantes
de nuestras penas y tragedias.
Con gusto, fui uno de los primeros
en convertirme en tu soldado.
Con tu voz y tu palabra, difundí por
entre los caminos tu sencillo credo y
tu mandato: «¡Libertad, carajo, libertad!».

A tu llamado acudieron el polvo y las sombras;
sumáronse a estas la pulpa y la liana,
la cima y la hondonada,
el palo y la soga, el burro y la llama,
el agua y su cascada.

Incansable sumador,
diste impulso, forma y color a los
sólidos sueños de Pedro Celestino.
Junto a él, seleccionamos objetivos,
priorizamos cantos y medidas
a la vez que afinamos nuestro pulso y puntería

En la batalla, cercados por los mercenarios,
cierta tarde los cañones de artillería
destruyeron, primero,
ensenadas, faldas de cerros y el resplandor
de los picachos. En algún lugar,
¡incendiaron nuestra nieve!

¡Temerario,
Pedro Pascual Guillén,
les presentaste frente y pecho!

De pronto, un cañonazo voló la cabeza de
tu potro. Fue el momento en que
contra el enemigo
te oí pronunciar pestes.
Montado a una roca, empezaste a instruirnos,
a aconsejarnos. Cada frase tuya llegó
hasta nosotros como el aceite
a las lámparas.

Cuando disparaste tu último cartucho,
ordenaste la retirada general. Siempre
a la cabeza nuestra, tu poncho
nos sirvió de escudo.

En tu carrera hacia el norte,
la zona más fogueada por los mercenarios,
te enredaste entre las ramas
arrancadas de un cañonazo a un bosque
de eucaliptos.
Confundido tu cuerpo entre las hojas,
maestro y padre nuestro,
fuiste presa fácil. Con múltiples disparos,
derribaron tu altura de gran puya.

Abierto tu pecho y destruidos tus pulmones,
tu corazón se negó al rendimiento.
Tu sangre derramada atrajo a un lucero
que enceguеció nuestra mirada. Montado en él,
echaste vuelo hacia el vacío de
un barranco. Desde allí,
compañero nuestro,
caminando con el sol y con la luna, vemos
tus ojos de puma. Con la sabiduría
de la serpiente, nos aconsejas y nos alumbras
como entonces.
Fieles a tu mandato, no hemos renunciado
a tu credo: «¡Libertad, carajo, libertad!».

TESTIMONIO DE PEDRO PASCUAL GUILLÉN

«Se amarra a mi niñez
una cáscara desde la cual, quizás en sueños,
entre piedra y duros leños
se me escapaba una nuez.
Hacia el alba, reina y señora de las luces,
aquella cáscara se hacía nube
y, como quien baja y sube,
tapaba el sol, semejándose a dos cruces.

Hacia el mediodía,
el cielo azul y la hierba viva me regalaban una rara alegría.
Mas, hacia el atardecer, el recuerdo de la cáscara y la nuez
me devolvía a mi completa desnudez.
Cerca de mí, una rara ruleta
de miserias convertía mi vida en obtusa y obsoleta.

Para que la vida de mi pueblo ascienda a la calidad
que caracteriza la perfección de sus paisajes,
abandoné mi soledad,
hice mía la música de las montañas y la de sus ramajes,
y no sé si con manos duchas
también hice mías sus protestas y sus luchas».

JOSÉ OROBIO

Tu robusta contextura lo declaraba, José Orobio:
de pies a cabeza, eras un ramal
de nuestras cordilleras.

Blanca tu cabellera y rosadísima tu piel,
tu lengua era el *runa simi*. En el patio de
tu choza, Pedro Celestino Cochachín
lo comprobó: tu sangre y tu corazón
hablaban y actuaban por tu boca
y por tus manos.

Entre tonadas de tu luminosa
flauta, declaraste: «¡Soy parte vuestra:
cuenten conmigo!».

Caminando entre los nuestros,
en las horas decisivas
eras la voz y el juicio claros. *Kurpa kurpa*
tu tamaño, la seguridad de las rocas
subrayaba tu condición
humana,
y en los combates eras más
que una avalancha.

En un momento de descanso,
José Orobio, ocurrente y sublime,
informado de que nuevos hermanos combatientes
avanzaban a reunirse con tus fuerzas,
en un mano a mano con tus hombres
y mujeres
armaste tres arcos de flores bajo los cuales
los recibiste.
Junto a las rosas, en son de fiesta,
después de una gran tonada de tu flauta,
conocí tu apodo: ¡Kuri blanco, Huascarán vivo!

Tus verdes ojos, afirmaba tu gente,
eran la luz de las verdes hojas que se apoyaban
en los pedernales. Tu alegría,
la emulsión del azúcar que,
racimo a racimo,
aportaban las maduras uvas.
Tu pecho, *uturunku* de fibra
y plata, apenas un río día a día renovado.
De solo verte pensé, hermano mío,
que bajo tu sombra nadie, jamás, podría herirnos.

En tu flexibilidad, sabías ser individuo y masa.
Tu comunidad te daba por roble y hombre.
«Aun así —se comentaba—, el alma del kurí
sabe de lágrimas, de ternuras
y de sufrimientos infinitos».
Yo, gran kurí blanco, solo sé nombrarte.
Espontáneo, rememoro algunas de tus lecciones:
«A los que nos imponen la violencia, juguémosle
limpio. ¡Solo cuando amenacen nuestras vidas,
respondámosles con soga y con cabestro!».

Y, vaya,
compañero, sin el juego limpio que tú
reclamabas ante los otros, la violencia te alcanzó.
En el campo de batalla, aislado del nuestro tu frente,
la soldadesca se ensañó con los tuyos.
Sorprendido, tú mismo lo atestiguaste:
a morterazos y a bayonetazos,
¡sometieron todo lo tuyo!

Soberbio, el mando militar
montó una aparente *Asamblea popular.*
«Con fines de escarmiento»,
a punto de ponerse el sol,
ante esta, tras un corto proceso,
a ti, José Orobio, y a tus combatientes
lo obligó a cavar sus propias tumbas.

Entre linternas y candiles con cuya luz
rompieron la oscuridad recién llegada,
recogieron vuestros picos y vuestras escopetas.
Después, a punta de bayoneta,
junto al calor de la fresca y larga concavidad
que labraron pala a pala vuestras manos,
los obligaron a presentar pecho. Luego,
decidieron vendar vuestros ojos.

«Soldados de la antipatria —alzaste la voz,
gran kurí blanco—, ¡si van a practicar su decisión
de fusilarnos, respeten nuestra voluntad y nuestra
dignidad: ustedes son la muerte, y queremos
mirarlos cara a cara!».

Tus combatientes te apoyaron y repitieron:
«Soldados de la antipatria, ¡si van a practicar su decisión

de fusilarnos, respeten nuestra voluntad y nuestra
dignidad: ustedes son la muerte, y queremos
mirarlos cara a cara!».

En medio de la impotencia
y del llanto de testigas y testigos, los oficiales
rindieron honor a su miseria intelectual.
«¡Fuego!», ordenaron.

Desde entre el humo y el pesado olor de la
sangre derramada, tú, José Orobio, te incorporaste.
«¡Bah, cobardes: con diez balas no me matan!
¡Aunque herido, vivito estoy! ¿Quieren matarte?
¡Yapa, carajo! ¡Una cordillera
no muere de diez tiros! ¡Viva la vida!», gritaste.

Fue entonces que cien balas se cebaron
contra tu cuerpo. Recién, compañero nuestro,
la oscuridad invadió tu ser,
convirtiéndote, al mismo tiempo,
¡en lámpara y en candil de una llama inapagable!

TESTIMONIO DE JOSÉ OROBIO

«Según sus comunes criterios,
declaró más de una vez José Orobio,
los señores de la guerra
derivaban de su ciencia y de sus santos evangelios
que, a lo ancho y a lo largo de la tierra,
estaba probado que un microbio,
al revés de lo que sucede con *un indígena*, tenía un alma.
Por tanto, un bicho o una bestia valían
lo que valen la mitad que todos mis vecinos.

Entre tanto, cada comunidad nuestra devenía
en propiedad suya. Para nosotros, ¡dejaron los caminos!
En su egocéntrico contento,
para producirles lo que hoy se llama plusvalía,
aquellos *señores* nos convirtieron en *su* instrumento.
Si nos amaban,
como a boca llena declaraban
hacerlo, como aman a sus máquinas.

En parte, por si acaso, nos suplieron con mano esclava.
Al parecer, al ser por ellos implorado,
su Dios les garantizaba pan, vino, sal y miel.
Defensor solo de su civilización, para nosotros reservaba
¡la peste, las catástrofes, el suelo violentado,
la cárcel, la amenaza del infierno y la cruel miseria!

Como mi nombre es, o me llaman, José *Kuri* Orobio,
¡declaro y afirmo que no estaba dispuesto a más oprobio!».

SEVERINO TUKUSHUANCA

«Pedro Celestino, me llamo Severino Tukushuanca,
y a apoyar de manera voluntaria a tus combatientes
vienen conmigo todos los mayorcitos de edad
de mi comunidad.
Con nosotros anda la voluntad del río Pira,
nuestro gran pariente;
la fuerza de nuestro padre, el cerro Coltus,
y el espíritu de nuestra madre,
la cordillera Negra.
¡Intégranos, papá, a tus decisiones
y a todos tus proyectos!». Tales fueron tus palabras
de presentación personal y comunal
ante Pedro Celestino Cochachín,
Severino Tukushuanca.

Impresionado, Pedro Celestino fijó su mirada
en la tuya. Cuando, con sus manos cruzadas
a su pecho, te observó y dudó,
a la cabeza de tu gente, tú agregaste:
«¡Intégranos a tus decisiones y proyectos,
¡papá lindo! ¡Como tú y los tuyos, nosotros ya no
aguantamos tanto *t'ustuchikuy*!».

Sin más, Pedro Celestino saludó a tus mujeres
y a tus hombres, armados con hondas y

con silenciosas piedras. Cuando
por fin sonrió y te abrazó,
tus cabellos asumieron el plateado color
de mama *Rit'i*. Aquello,
lo supimos después, fue la señal de la fraternización
entre la cordillera Blanca y la cordillera Negra.
Blanca nieve y piedra negra,
mano a mano,
¿acabarían con el reinante *t'ustuchikuy*?

Dicho y hecho: a dos bandas, nuestros *runas*
parecían invencibles. Cierta tarde, alguien preguntó
si vuestra comunidad había quedado abandonada.
Atento, tú explicaste, Severino Tukushuanca:
«¡No, papá! ¡Nuestra Mamapacha
dio la vida a Pira,
y Pira sigue atendida por los niños
y por las mamás que allá quedaron.
Cada uno de ellos sabe aprovechar la lluvia
y la *chakitaklla*. Asistidas por sus manos,
germinarán nuestras semillas.
Mientras luchemos, contaremos,
según para comer necesitemos,
con suficiente papa y maíz».

Viejo amigo,
entre los nuestros no había quien no saludara
tu prevención e iniciativas.
«Las morochas arrugas del rostro
de Severino Tukushuanca —opinó Pedro Celestino—
resumen la savia que a su cuerpo le dieron
la humedad y la luna. En su avanzada edad
y en su entrega a la lucha por la paz y la justicia
rejuvenece lo mejor de nuestra humanidad!».

Entre combate y combate,
vieja piedra hecha hombre, tú cantabas
melodías que hacían revivir
aún a las antiguas hojas muertas. Tu música,
nota a nota forjada al tacto de todos tus sentidos,
atribuía a tu flauta los misterios de la luz del capulí.
Tus versos, sólidos y a veces amargos, se desprendían
del corazón de la *kiwicha*.

Un tanto entristecido, cierta noche tendiste tu poncho
sobre la tierra madre y echaste tu *kintu* al aire.
Rodeado por hombres y mujeres,
silencioso como nunca
descifraste
el mensaje de mamá coca.

Luego de una gran tonada, entre un llanto súbito,
anunciaste con voz débil e insegura:
«¡Mañana, compañeros, todo lo que es piedra
será sangre! Caramba, ¡muchos de nosotros
devendremos en huesos destrozados!».

Sembrada la inquietud, clamaste:
«Muchachos, ¡les dejo en libertad!
¡O siguen con nosotros, los que deseamos
derrotar a los señores de la guerra,
o regresan a seguir viviendo en Pira,
el seno de nuestra cordillera Negra!».
Reanimada, en coro, tu gente respondió:
«¡Somos la voluntad del Pira,
la fuerza del Coltus
y el espíritu de nuestra cordillera Negra, papá!

¡Contigo venimos y junto a ti caminaremos!
¡En *minga*, venceremos al *t'ustuchikuy*!».

Tres días más tarde, Pedro Celestino y yo,
después de los combates,
lo vimos: descuartizado, viejo amigo,
yacías junto a tu gente.
Un río rojo, *Yawar, Yawar*,
pugnaba por acercar a nuestra vista
vuestros miembros arrancados a cuchillo.
Entre la sangre en movimiento flotaban las córneas
cercenadas de vuestros ojos, vacías ya de toda lágrima
y de todo sueño. Detrás de ellas,
los labios separados de las bocas
semejaban peces vivos, buscando sus perdidos dientes
y sus desmembrados maxilares.
¡En dos o en más pedazos, cada cráneo abierto
yacía lejos, como cada músculo y nervio
extrañados y alejados de sus propios organismos!

¿Cómo reanimar a tus compañeros, compañero?
¿Cómo, savia apagada, devolverte a ti la vida?

Al final de los combates, pensé en tus niños
y en tu comunidad dirigida por mujeres:
cada cual debería estar aprovechando la lluvia
y la *chakitaklla*. A contribuir en la labor
de sus cultivos, me eché camino hacia Pira.
Más tarde, viendo florecer allí la papa y el maíz,
con mucho cariño creí verte renacer.

Severino Tukushuanca, lo confieso
y subrayo: sembré, aporqué y coseché tus tierras
con el amor mismo de tu corazón y de tus manos.

Cuando tus niños empezaron a ser ya adultos,
me despedí de sus mamás y también de ellos.
Solo, volví mis pasos a otros campos.
Mojándome en la lluvia que tanto te gustaba
y cantando, ¡cómo no!, tus viejos cantos,
Por allí ando escribiendo mis propios versos.
Querido viejo, ¡la lucha por la paz y la justicia
aún no ha muerto! ¡Óyelo, nunca vamos a rendirnos!
¡Duerme en paz, por eso! ¡Duerme en paz!
¡Algún día, como lo deseabas,
venceremos al humillante *t'ustuchikuy*!

TESTIMONIO DE SEVERINO TUKUSHUANCA

—¿Me preguntas, Anacleto Méndez Loli,
por mis ideas? ¡Qué pué, no sé casi ni hablar!
¿El Perú? Me cuentan que muchos llaman
Perú al mar, a la costa y a las sierras que nos
ven nacer, sufrir y morir. ¿Me entiendes?
Si fallo, ¡enmienda mi palabra mal habida!
Anacleto Méndez Loli, repito: ¿me entiendes?
—¡Te entiendo, viejo amigo! —afirmé.
—Ay, caray, ¡cómo es la vida!
¿Mis ideas? Solo porque me siento bien
contigo, resumo, puntualizo y digo:
mi consejera —agregaste— siempre fue la soledad.
Mi libro, la naturaleza.
Sembrando papas y maíz crecí. Joven, a tu edad
ya el río Pira, el Cerro Coltus y mi comunidad
me habían dictado la ley que nos rige:
«*¡ama sua, ama kella, ¡ama llulla!*»
Ley general *runa*. Por tanto, ¡ley mía y tuya!
¡Qué pué! ¡A nuestra ley se la comió otra ley:
la ley del dinero y del poder de los señores que
nos trajeron el robo, la mentira y tanto padecer!
¿Qué hacer, Anacleto Méndez Loli, qué hacer?
¡Luchar por que el futuro sea el hoy, y el paraíso,

como predican los curitas, la tierra misma! ¡Digámosle no al pesimismo! ¡Hagamos del mañana ya un hoy!

FERNANDO ROQUE

Fernando Roque, creyente amigo.
De tus pies a tu corona
eras madera fresca, pan de la mañana,
raíz de flor de chuquiragua.

Mancos, tu ignorado caserío,
te aportó una luz
de envidiable albedrío.
Tu mano izquierda portaba a san Roque,
el *santo*
a quien atribuías milagros y bondades,
y tu mano derecha, una piedra o un terrón.
San Roque, confesabas, impulsaba tu voluntad
y tus pedradas. En su compañía,
afirmabas, sabían mejor los alimentos,
y, en los ataques de la soldadesca,
tu persona era invisible.

Soñabas, Fernando Roque,
transportando ciertas bondades del cielo
hacia los pobres de la tierra.
San Roque,
declarabas, en las noches de luna llena
te ayudaba a subvertir la bóveda celeste,
arrancar sus rocas y convertirlas

en harina y en miel que tus manos
dividían y multiplicaban.
¡Contábamos con tantas hermanas
y con tantos hermanos
que carecían de lo esencial!

Sucede, Fernando Roque,
que los señores de la guerra
reclamaron para sí el cielo.
A cañonazos destruyeron, primero, el san Roque
a quien atribuías un noble corazón.
Después, fanáticos, ¡pulverizaron tu piedra
y abrieron de parte a parte tu gran pecho!

Desesperado, corrí hacia ti y logré cargarte
en mis espaldas. Un posterior cañonazo
me arrebató tu cuerpo
y, cuando traté de recuperarte,
ya no eras la madera fresca, el pan de
la mañana ni la raíz de flor de chuquiragua
que siempre te creí.
¡Pulverizado como tu san Roque,
tu persona ya no era visible!
En torno de lo que habías sido tú,
¡olía a sangre de altar y a detestable pólvora!

Pienso en ti, noble amigo mío, Fernando Roque,
Y, con san Roque o sin él, sueño tus
sueños celestiales.
De parte a parte, convierto
las rocas en harina y en miel. Cuando las entrego
a los pobres, estos comentan:
«El sacrificio de Fernando Roque
es una de las tuercas con que se
afirman la paz y la libertad a conquistar».

TESTIMONIO DE FERNANDO ROQUE

«Entre los hacendados —solía testimoniar Fernando
Roque— mi familia no era muy querida.
A mi papá lo marcaron a hierro, y su herida,
poco a poco, hasta su muerte, fue engusanando.
Los hacendados a mis vecinos tampoco
los querían. Poco a poco,
abrí los ojos.
Una vez que supe del levantamiento
de Uchku Pedro, de hinojos,
con mucho sentimiento pedí a san Roque:
"¡Padre, tú que eres enemigo de la muerte,
permíteme que a tu corazón pida e invoque
sin que importe el riesgo de morir
nuevas fuerzas para contribuir
a forjar para nuestro pueblo una mejor suerte!".

Oída mi súplica, ante un cielo despejado, rio el *santo*.
Agradecido, me sentí apoyado. Entre tanto y tanto,
con san Roque en mi pecho,
como que me llamo Fernando Manuel,
por el imperio de la razón y del derecho
arriba y abajo de la sierra,

lucho por convertir la tierra
en un comunal vergel
de inagotable harina y de inagotable miel!».

MARCELINO SIFUENTES

Con la pureza de un tierno venado,
Marcelino Sifuentes, quizás por confusión
o por esas cosas que la gente llama destino,
naciste y
creciste entre nosotros.

Protegido en tu niñez por Pedro Celestino,
pronto ascendiste a su protector.
Caminando junto a él haciéndole guardia,
alternabas la guitarra con el canto
y, dado el momento, el canto
con las batallas.

Vivías preparado para el trabajo
y para cualquier fiesta. La vieja luz de tus zapatos
nutría tu camisa,
y el aroma de los claveles y las rosas
perfeccionaban tu silencio y raciocinio.

Inquieto, un día
preguntaste: «¿*Colonia* no es una palabra elegante
cuyo significado es algo horrible: sometimiento
y destrucción
de personas, de arte, de cultura y de territorios?».

Pedro Celestino se limitó a responderte:
«Marcelino Sifuentes, ¡andas por un buen camino!».

Luego de ejercitarte
en los manejos de tu honda y de tu mazo,
una tarde te hincaste a beber de una fuente de agua
que, inquieta y cristalina,
brotaba desde entre dos rocas.
Satisfecho, interrogaste:
«¿La palabra *república* no es en el Perú
un cóncavo espejo, hijo de un
vidrio colonial
cuyas leyes siempre fueron mocos
si no babas?».

Agilísimo en tu pensar, Marcelino Sifuentes,
preguntaste aún: «¿Por qué la alta oficialidad militar
y el alto clero, en nuestro país,
siguen hermanando su cruz y su espada? Aliados,
ellos son los que nos torturan y nos matan.
¿Por qué para nuestros gobernantes *nosotros*
somos el *enemigo interno* y muchas veces unos
simples criminales?».

Surgido tu verbo
desde la tierra y desde el fondo de nuestros
minerales, tu palabra se derramó con el viento
y con la lluvia por campos
y ciudades.
De pronto, tu pureza de inquieto venado,
y de eso que la gente llama destino,
estalló en pedazos.
Para que nadie dude, Marcelino Sifuentes,
de que no eras ningún enemigo interno

ni criminal alguno, tus cenizas esparcidas
por nuestros campos
nos aportan la brisa y el fuego
que todavía andan parpadeando
en busca de un nuevo y virginal amanecer.

TESTIMONIO DE MARCELINO SIFUENTES

«Nací en el campo y huérfano crecí en una calle
de Carhuaz. Una tarde, perdí mi camino
y, de casualidad, junto a un valle,
me encontré con Pedro Celestino.
Adoptado por él, devine en un niño
privilegiado. Papá tierno él, me dio su cariño.
Grande ya, a una piedra acostado
me gustaba alimentar a un campesino tísico. Acosado
él por una abundante espuma blanca y sangre roja
que, cuanto más limpiaba, sobre su nariz y su boca,
más se derramaban,
uno de los hombres que siempre me espantaban
desde junto a una roca
una tarde dijo: "Deja que recoja
al que fue o al que fuera".
Aquel era un oficial militar.
"Hay que ayudarlo a morir", dijo. Y,
horrorizado, lo vi disparar.

Asesinado el tísico, el hombre se cuadró
y saludó
como si ante sí tuviera
el blanco y rojo de una particular bandera».

LUIS FELIPE MONTESTRUQUE

Intelectual orgánico y fecundo,
Luis Felipe Montestruque, tu presencia
semejaba a las bellotas en busca de la luz.

De las manos de tu bella compañera, María Teresa,
frondoso como un roble, nos hablabas
de disciplinas múltiples —de matemáticas
y de filosofía, por ejemplo—
y nos acercaste a la música.

Una noche de amistad y esparcimiento
en tu casa, al calor de un té,
María Teresa, espigada y delicada como
una fina porción de artesanía, nos lo dijo:
pensando en tu pueblo, tú le pedías que
se sentase al piano y te regalara
el perfecto laberinto
que sus manos y sus dedos recogían
de las piezas de Mozart y Beethoven.
Entre tanto, tú escribías alguna crónica.

Constancia de hormiga, desconocías el cansancio.
Cada letra y cada frase tuyas portaban
tu sangre y tu espíritu.
Al calor de aquel té, nos leíste, compañero:

«Intentar desarrollar el Perú ignorando la economía
y la cultura comunal nuestras
equivale a querer criar un gato esperando que
se convierta en un león».
Emocionado, Pedro Celestino comprendió
tu alegoría y te abrazó.

Entre tus labores, con tus propios medios
diste cuerpo y vida a tu periódico *El Sol de los Inkas*.
Sustancioso, te atrajiste un negro vendaval.
Censurado, burlaste a los que administraban,
negociaban y contrabandeaban con principios e ideas.

Monolito incorruptible,
Luis Felipe: ¡contra ti se alzó el látigo!
¡La demagogia y el abuso, luego, afilaron
los cuchillos!
¿Sabremos alguna vez quiénes y en qué momento
decidieron liquidarte?

Semanas después de aquella hermosa
noche de camaradería y esparcimiento en tu casa,
ajada y triste, María Teresa solo supo referirnos
que una noche, como era vuestra costumbre,
ella tocaba para ti el piano y tú escribías.
De pronto, le leíste parte de lo que acababas
de sintetizar: «Si España nos acercó social
y culturalmente a una especie de semifeudalismo
y a un condenable esclavismo,
nuestra república criolla todavía no ha superado
tales prácticas ni tales concepciones.
¿Entenderán alguna vez sus élites que, sin
justicia social, la paz será un imposible?».

Tu persona y tu sangre, hermano nuestro,
en aquel momento, saltaron por los aires.
Como si necesitaran subrayar tu íntegro
amor por María Teresa,
uno a uno tus destrozados
brazos buscaron refugio en su regazo.
Cubierto con parte de tu plasma esparcida,
el piano, horrorizado, se estremeció.

Presa de una mudez súbita, María Teresa
pensó que acababas de ser víctima del estallido
de uno de los rayos que acababa de enviar
una tormenta.
Mas, cuando volvió sus ojos hacia la puerta de
tu casa,
tras los umbrales de su puerta vio, metralla
en mano, a dos de los integrantes de un comando
militar. A su modo, ¡acababan de hacer patria!
Alentada por tus restos de bellotas en busca
de la luz, María Teresa se repuso y,
con infinito amor,
con las inolvidables notas de Mozart:
¡una pequeña pieza musical de buenas noches!
acompañó tu sueño al más allá.

Con marcada impotencia, Luis Felipe Montestruque,
tus compañeros te lloramos.
Conciencia soberana y voluntad de sano oxígeno,
en los montes y en el agua,
te sabemos nuestro.
Los retoños y los peciolos de las flores
no nos mientes:
la luz misma se contagió de tu espíritu
y en nuestros cerebros tu nombre nos suena

a matemáticas, a filosofía y a paisaje.
María Teresa, ave melodiosa en las alturas,
compañero,
a ritmo de tu paso, camina entre nosotros.

TESTIMONIO DE LUIS FELIPE MONTESTRUQUE

«Tu piano, María Teresa,
en mis reposos de noche de luna
va conmigo hacia la fría puna.
Negro tinto, de su cola a su cabeza
cubierto de una gran tristeza
me señala algún punto cubierto de hojarasca.

Una tormenta me acosa y, aunque no me plazca,
perseguido por zorros que, cerca de mí, hombres devienen,
huyo de los que sostienen
un cuchillo, con el cual me amenazan.
Instintivo, me refugio en una cueva
cuya entrada mis perseguidores bloquean y emplazan.
En la oscuridad, tu piano me lleva
a una fuente en que tu música repone
lo que, a menudo, tu alma disponía y aún dispone:
mi tranquilidad y mi sano sueño.

Me acaricias y me besas. Luego, un nuevo empeño
de mis perseguidores me acosa.
Desde la cueva en que me encuentro, como si tal cosa,
se dispara un racimo de serpientes hacia afuera.
¡Mordidos y envenenados, mis atacantes mueren!

Entonces, guiado por tu música de sabor a primavera,
camino por picachos que, a su pesar, me hieren.
Abrigado por mi poncho de lana y de tocuyo,
te busco a campo abierto y hacia ti huyo. ¡Solo huyo!».

JOSÉ TORIBIO DORADO

Temprano, muy temprano, José Toribio Dorado,
con la furia de un volcán te alzaste
contra el invasor del sur.
En el Cusco, estando en desventaja,
aún la mínima piedra, negra
o blanca,
acudió a reforzar tu inaudito frente.
Diste vuelta a la tortilla y, así,
implacable, te echaste tras nuestros destructores.

Osado capitán de iniciativas fabulosas,
un poco más al norte,
los incendiados campos y ciudades de Ayacucho
reclamaron tu presencia. Con mano firme
volviste allí a derrotar a las tropas
invasoras
y, con visión de cóndor, advertiste a tu pueblo
acerca de los oscuros y sucios negocios de
tus oficiales superiores.
Falsos patriotas aquellos, reclamaban
«mano dura con los indios».
Con el invasor enemigo, en cambio,
tú mismo lo comprobaste y acusaste,
eran caballeros y corteses.
Bajo las mesas o a espaldas nuestras,

a cambio de una propina,
les cedían nuestros recursos naturales.
Fue ello una razón de por qué, poco a poco,
fuimos perdiendo dignidad y territorios.

Furioso, hiciste tuya la luz de los incorruptibles
quinuales, abandonaste a tus viejos comandantes
y te alzaste contra la paz de los cementerios.
¡En tu corazón y en tu cerebro, no había
lugar para la corrupción!

Con justificadas esperanzas, sumaste tu mano
y tu visión a la resistencia armada en Huamachuco.
A falta de armas, te armaste con las espinas
de las rosas y los cactus.

Perdida la batalla,
fabuloso hombre de corazón de oro,
junto a tus combatientes campesinos
derramaste abundantes lágrimas de plata.

Gigante, tu caballo zaino de poderosa grupa,
gustoso guio tu ser
hacia las fuerzas de Pedro Celestino.
Apenas te vimos, supimos en qué consistía la mística,
la alegría y la sencillez.

Enternecido, Pedro Celestino te recibió
y te ofreció el mando y el comando de sus tropas.
Tras saludar y beber del agua fresca que una
campesina te alcanzó en un balde de aluminio,
te acomodaste el pecho y, con completo aire andino,
dijiste: «Compañeros, ¡quiero ser solo
una mínima parte de la fuerza y de las razones

vuestras y, como tal, levantar
la justicia social y la paz como bandera y programa!
¡En vuestro plan reconozco mi camino! ¡Al mando de
Pedro Celestino Cochachín, a pie o a lomo de Gigante,
mi caballo, combatiré como uno más de los vuestros.
¡Viva el Perú!».

En cada ensenada y en cada barricada,
capitán y maestro José Toribio Dorado,
con tus acciones convirtiendo nuestra piel
en carne de gallina, templaste nuestra vida.
De noche y de día, en nuestros descansos o
al pie de las batallas,
nos guiabas, nos instruías y animabas.
Si a la defensiva o a la ofensiva te agotabas,
descansabas
sobre tu fusil o sobre una piedra como quien descansa
sobre una adorable almohada.
Entre tanto, siguiendo tus consejos,
disfrazado de mujer o de mendigo, tu ayudante,
el viejo Tiburcio, penetraba en los cuarteles enemigos.
Armado de informaciones estratégicas,
volvía él y nutría tu alma y nuestras fuerzas.

Cuando empezábamos a cosechar lo acertado
de tus iniciativas, los señores de la guerra y del dinero
empezaron a tendernos trampas.
Usaron, como lo supuso el viejo Tiburcio,
de tu caballo. Gigante, el animal que hasta entonces
había sido parte de tu voluntad y de tus ojos,
como si fuera un viento mal mandado
portando en su hocico un maduro racimo de uvas,
una mañana emergió desde detrás de un oscuro monte.
Por la curiosidad atraído, abandonaste tu escondite

y corriste a su encuentro.
Impetuoso, un cañonazo arrancó la cabeza suya.
Trataste de socorrer a Gigante y, en eso, otro cañonazo,
para horror nuestro, ¡a pedazos voló tu integridad!

Gran capitán nuestro, ¿qué hacer?
Consternados, levantamos y sepultamos tu cadáver.
Tu mítico nombre, José Toribio Dorado, devino
en parte de nuestra legítima bandera.
Bravo e inmortal comandante nuestro,
amigo y hermano a toda prueba,
disculpa que en tu memoria cite, aquí, tus últimas palabras:
«El día en que facilitemos el acceso del pan y la justicia
a las rocas, estas se humanizarán y aportarán su música
y ternura a los humanos!».

TESTIMONIO DE JOSÉ TORIBIO DORADO

«En la vida, lo que más amo y quiero,
mi país, es para nuestras élites solo objeto de negocio.
Viví para verlo. En mi trabajo y en mi escaso ocio,
oí sus credos, su devoción y prédicas: ¡dinero, dinero,
más dinero!

Para administrar y repartirse con eficiencia
sus riquezas, redujeron las provincias a haciendas.
Sus adorables iglesias, sus palacios, sus oficinas y tiendas
son parte de su arte y de sus estafas como "ciencia".

Dueños particulares de los recursos materiales y del cielo,
cuentan que el paraíso
Dios solo lo hizo
para el que, paciente y laborioso, lo gane tras su duelo,
más allá de su muerte y mucho más allá de sus cenizas.

Decretaron que el pueblo asista a sus misas.
Y, si lo hace, que se confiese y que aporte información
acerca de los que preparan una huelga o una rebelión.
Cada herida de Cristo, y jamás las nuestras, es suya.
¡Aleluya!

Si en forma de limosna les aportamos dinero,
y de rodillas, sumisión, solo entonces por entero
nos aceptan como criaturas auténticas de Dios! ¡Aleluya!,
¡aleluya, aleluya!».

GRIMANESA ANDRADE

Tu Andrade, gran capitán José Toribio Dorado,
sigue completa. Bellísima y noble, acude aún a la mesa
del pueblo. Sostiene llamarse solo Grimanesa
y, firme, difunde las estrategias y todo lo por ti pensado.

«Si fuera necesario —declara como tú, en tonos mesurados—,
siempre que nuestros rivales insinúen alguna solución,
¡dialoguemos! ¡Que sumen al pan la sal! ¡La canción
y la paz serán, luego entre nosotros, asuntos practicados!».

Donde caíste, claveles rojos, de mayo en mayo el primero,
Grimanesa Andrade y el viejo, tu fiel mensajero,
don Tiburcio Mallki, para ti, junto al pueblo depositan.

Alegre o contrita, en público o privado, concitan,
gran capitán, las confesiones de tu Andrade Grimanesa,
¡lealtad, pasión, confianza y ganas de vivir con entereza!

TESTIMONIO DE GRIMANESA ANDRADE

«Como se desparraman las montañas por la tierra
y como la noche le sucede al día,
crecí en buen hogar, creyendo que pertenecía
al mundo, de manera natural, la hambruna que aterra
a los que muchos atribuyen condición de ociosos.

Poco a poco, descubrí a mujeres y hombres laboriosos
amarrados a cadenas y a ciertas voluntades
que, con raro orgullo, les atribuían, además, maldades.
"Si el mundo no fuera así, no sería mundo", declaraban
gentes que se atribuían a sí mismas delicadeza y cultura.
En sus palacios solían estas alimentarse usando cubiertos
Que, cuanto más lujosos, daban por más ciertos
contener plata fina y pura.
Orondos, aireando sus deleites, sentenciaban:
"¡Solo la muerte hace a los humanos iguales!".
¡Poco a poco los comprendí nada "angelicales"!

Un día, menos mal, puse mis pies en las chozas
y en los campos en que, compitiendo con las rosas,
reinaban la enfermedad
y la hambruna. Con cariño y mucha calma,

abrí para ellos mis ojos y descubrí allí un jardín
grandioso y múltiple de honradez, trabajo y dignidad.

Con cuerpo y alma,
puse a su servicio mi vida
y, decidida,
opté por contribuir a forzar el final
de la práctica y del concepto del más fuerte
de que, como realidad irreversible,
la igualdad humana es posible
¡solo más allá de nuestro mundo y de la muerte!».

TIBURCIO MALLKI, EL MENSAJERO

A la distancia, Tiburcio Mallki,
tus negros cabellos semejaban a raíces mecidas por
el viento. Transparente tu cuerpo casi,
te creí metal en proceso de metamorfosis
y a veces silencio de hoja
dormida en la tranquilidad de armoniosos verbos.

Después de la caída del capitán José Toribio Dorado,
el dolor perfiló mejor tus formas de hombre
marchitando, a la vez, tus mejillas y tu boca.
Invadido por el llanto, para no aullar
me abrazaste como abraza a los frutos
la mudez.

Con tu machete en tus manos y con tu roja flor
de retama fija a tu sombrero,
en vísperas de una nueva marcha,
te empinaste sobre tus pies descalzos
y declaraste: «Hermanos míos, aunque viejo
y agotado, cuenten conmigo!».

Hermanastro de la cautela y de la prudencia,
en tu persona concurrían el soplo del remolino,
la voluntad de las legumbres y
la savia de los bosques.

Por las noches, eras nuestro invisible faro,
nuestra brújula en la tormenta, el oído del *Auki*
y el olfato de nuestros lagos.
Pescabas noticias, espadas, mapas,
mortíferos planes, y, en el juicio, eras certero.
Aun así, transparente tu cuerpo casi,
contigo caminaban las interrogantes.

En tu ausencia, una tarde alguien nos dio este mensaje:
«Al viejito Tiburcio Mallki lo agarraron los militares.
Después de torturarlo, puesto que siguió
negándose a dar información
acerca de sus compañeros de lucha,
le cortaron con un puñal la lengua.
Aturdidos por su olorosa sangre, a punta de bayoneta
uno a uno le arrancaron sus ojos.
Envalentonados, partieron con saña su vientre
y, como si se tratara de una fiesta, extrajeron
sus intestinos y los derramaron por el suelo».

Viejo hermano de todos los caminos,
Tiburcio Mallki, el viento y el polvo desde
sus cuatro puntos cardinales me acercan tu cautelosa
voz y tu prudencia. Tu silencio ha echado raíces
en mí, y tus interrogantes han devenido en parte de mi ser.
Mis pies de zapatos semirrotos caminan por tus viejas
rutas y, venerando tu proceso de metamorfosis,
me apego a tus tres terrazas que, junto a un lago,
sembradas de maíz nos dejaste.
¡El mundo allí me sabe a colores y a aroma
de un soberano rosedal!

TESTIMONIO DE TIBURCIO MALLKI

En tu lenguaje original de tierna prosa,
declaró tu sombra y me lo confirmó un vendaval:
«Cuando me agarraron, para bien o para mal,
consumía yo una sopa de moraya, sabrosa
como pocas.
Contenía choclo amarillo, rojas ocas,
habas vírgenes, carne de cerdo bien condimentados.
En eso, como alocados o drogados,
los señores de la guerra invadieron el mercado.
Fusil en ristre, de puesto en puesto y de mesa en mesa,
a gritos preguntaban por mí. Alguien que a mi lado
saboreaba otra idéntica sopa de moraya, respondió
con fiereza: "¡Dejen tragar, carajo!".

Allí nomás me echaron mano.
"Hueles a cebolla, a culantro y a fresco ajo",
dijo un oficial, golpeándome presto y mundano.
"Declara —exigía el jefe— dónde se esconden tus amigos".
Concentrado en mi sopa de moraya, ignoré a los enemigos
y degusté aún de la carne de cerdo.
Adormecido y un tanto lerdo
con cada nuevo golpe que a mi cuerpo sumaban,
oí que me exigían traicionar a los que, como yo, amaban
nuestra tierra tanto como a nuestra gente.
Pese a los golpes, en neutro mi mente,

para mí me decía y repetía: "No creo que en el mundo haya
otra sopa más sabrosa que mi sopa de moraya".

En algún momento, no pude ya ni masticar ni pensar.
Me di cuenta de que, a causa de los golpes, por oídos y ojos
empezaba a sangrar.
Como quien satisface sus últimos antojos,
me aferré al gran sabor de mi sopa y, a solas con mi boca,
caí en la indiferencia de la roca.
Lo demás, ¡que lo atestigüe quienes me vieron padecer!
Mientras me cortaban, me pregunté quién mi sopa
cuando con qué cuchara junto a mi ensangrentada ropa
se la iría a tomar. ¿O a comer?».

BERNARDINO Y MARTÍN SORIANO

En Mancos,
uno tras otro el sol los vio nacer.
Bernardino y Martín Soriano,
más que dos hermanos,
eran fundamento y corazón de un gran bosque.

Cuando hablaban, uno semejaba a la semilla,
y el otro, a un verde almácigo.
Pepa y pulpa consistentes ambos,
Bernardino tenía vocación
de cedro, y Martín, ambiciones de algarrobo.
Mano a mano, ambos enlazaban las luces
y las sombras de su pueblo.
Su amabilidad sabía a la
incondicionalidad del sabor de una granadilla.

De pronto, una red
de serpientes expandió su veneno contra
el pueblo y contra Bernardino y Martín Soriano.
¡Había que destruir la sal que sostenía
su fundamento! ¡El corazón que irrigaba
sus raíces y sus ramas debía devenir
en hojarasca
arrastrada por el viento!

Tierra adentro, sin embargo,
se multiplicaban nuevos cedros y nuevos
algarrobos. Donde menos se les esperaba,
crecían y se dotaban de abrumadores
colores. Bosque peligroso aquel,
se guiaba por la luz del sol y cubría
árbol tras árbol todos los campos y todos los
caminos. Sus ramas servían de tejado
a las casas, sus hojas rodeaban a
las piedras, acabando con su soledad,
y sus semillas alumbraban la oscuridad de las cuevas
y las noches. Por lo demás,
sus rítmicos movimientos eran música, letra y canto.

¡De cuajo, había que cortarlos!
Contra la voluntad del sol, ¡dispararon y acabaron
primero con Bernardino y, después, con Martín Soriano!
Pese a todo, hechos semillas y verdes almácigos,
ambos hermanos
continuaron fundamentando
el palpitar de nuevos corazones y el alumbrar
de nuevos bosques. ¡Y, como el sol,
me sé parte de ellos!

TESTIMONIO DE BERNARDINO Y MARTÍN SORIANO

«Si los árboles hablar pudieran, Martín,
con tus palabras lo dirían:
"Lo que nosotros construíamos, ellos lo destruían;
lo que nosotros iniciábamos, ellos le ponían fin.
Intentaron detener el tiempo, Bernardino,
con lo cual lo nuestro, poco a poco, moriría.
Día a día,
reservaban para sí del cardo
las flores y a nosotros nos destinaban las espinas.
Vanidosos, en sus ciudades —en sus esquinas
y en sus plazas—
se construían a sí mismo, estatuas y monumentos".
En sus casas,
Martín, lo decían y dicen aún orondos y contentos,
con ellos vive Dios.
Si tú y yo en la tierra sumábamos dos,
su Dios, un compuesto de tres personas, es solo uno.
Por voluntad y mandato suyo,
lo afirman con cinismo y con orgullo,
aquel uno
dispone que cada cual de nosotros sea solo un nada
y un nadie. Si siendo dos equivalemos a un ninguno,
¡concluyen que es cosa cierta y nada errada

que tú y yo careceríamos de alma!
"¡Bernardino, hermano, mío, calma, calma!
Con tu voz, que también es la mía,
digámoslo con entusiasmo y alegría:
¡a nuestra voluntad y a nuestro corazón
le asiste del movimiento y del derecho, toda la razón!"».

JOSÉ GONZÁLEZ GARCÍA

Discúlpame, Señor,
haber huido de una de tus iglesias.
Si tú, como creo, lo ves todo,
conmigo lo viste: al pie de tu altar,
la última noche que me tuviste a tu servicio,
padre y señor mío,
la soldadesca irrumpió en tu casa
persiguiendo a una muchacha.
¡Una criatura apenas!
¡Delante del público la agarraron, la violaron
y la asesinaron!

En medio de un indecible laberinto,
me enfrenté, indignado, a su jefe y pregunté
por tan absurdas razones.
Si Tú, como creo, lo oyes todo, oíste
su respuesta: «¡Sacerdote José González García,
usted es cómplice de los subversivos!
¡También usted merece un escarmiento!».
Sus palabras carecían de toda prueba.

Herido tu honor y maltratado el mío,
guiaron mis acciones no sé si tu voluntad o mi
instinto. «¿Por qué?», insistí, Señor,
«¿por qué?». Apoyado por muchos de tus fieles,

mis manos acudieron al cordón de mi sotana.
¿Agregué, Señor, una mancha más a tu altar?

Cuando deposité tu cruz sobre el frío piso,
un puntapié me echó escaleras abajo.
Mientras rodaba hacia la base central
de tu iglesia, pensé en la vida recién apagada
de la abusada
niña, y, perdóname si acaso me equivoqué:
sentí tu apoyo, Señor, e ignoré cualquier dolor.

Para mi sorpresa, mi agresor rodó tras mi sotana.
Con agilidad, teniendo cerca su diáfana presencia,
no pude sino envolver con mi cordón su cuello
y mandarlo al infierno.

«¿Por qué?», seguí preguntando. «¿Por qué?».
Alguien echó a repicar las campanas de tu templo.
No, no era yo el único que, golpe con golpe,
respondía a los agresores.
«Curita cabrón —gritó un oficial—,
la puta a quien defiendes ¡andaba distribuyendo
un panfleto revolucionario! ¡Muerta está ella
y muertos muchos subversivos; también tú
debes morir!».

Por voluntad tuya, Señor, ¿se atracó su revólver?
¡Aproveché que mi nuevo atacante,
tratando de corregir su arma, bajó la guardia!
Con el cordón de mi sotana,
repetí lo que creí tu voluntad:
¡enlazar su cuello y acabar también con él!
¡Perdóname, Señor, si acaso con ello he pecado!

¡Llevándote en mi corazón, hui!
Si tú lo sabes todo, sabes entonces que, para
aplicarme su ley marcial, me andan
buscando.
¿Entienden ellos otro lenguaje que no sea el matar,
matar y más matar?

Señor, a ti te consta: no hui de la ciudad al campo
porque miedo de morir tuviera. ¡Necesitaba un
lugar para servirte!
¿Fue voluntad tuya que una oscura cueva
se convirtiera para mí y para algunos compañeros
en tu nuevo e indestructible templo?
Señor, como Tú, ¡opté por los mineros y
no por las minas! ¡Como Tú, me puse al lado del
labrador y no de los latifundistas!
¡Me serví de tu cordón, tu nuevo látigo,
y traté de echar de tu templo a los que suelen
confundirte con un becerro de oro! Si maté,
¡perdóname, Señor!
En tu nueva residencia, la cual también es la mía,
¡sigo difundiendo tu credo! De la mano del pueblo,
como Tú, lo digo:
«¡Ante la falsa paz, traigo la espada!».

En mi oscura cueva, mis compañeros han detectado
un ojo de agua. Su presencia, lo sé, es tu voluntad
líquida. Su suave gotear, la música que día a día
nos regalas.
De rodillas ante ella, señor, solo suplico:
«¡Asísteme en mi compromiso, el cual creo tuyo:
dedicar mi vida al reino de la justicia entre los de
tu creación!».

Si por atender a mi súplica
te persiguieran allá afuera, ¡vente a mi cueva, Señor!
¡Ven y convéncete: la voluntad humana
por la paz existe y algún día
ni Tú ni nadie necesitarán huir de los malvados!
¡Amén!

TESTIMONIO DE JOSÉ GONZÁLEZ GARCÍA

«En mis sueños, oigo en la distancia un ulular
que me parece ser el de un campanario.
Cuando lo busco, acude a mí un dromedario
y desde su briosa mirada me advierte:
"Hermano, lo que escuchas
es el resonar de las espadas y la cuota de la muerte
que las luchas
por romper las cadenas y ataduras
reclama a los siervos".

Entre palomas y cuervos
en mi escondite
de oscura estructura de piedras blancas y piedras oscuras,
sueño también celebrando un gran convite
en el cual un ciego y un cojo, mis solidarios compañeros,
reparten a nuestros invitados frutas grandes y maduras.

—Hermanos —arengo a todos—, sean ustedes los primeros,
en descifrar
conmigo lo que puede ser aquel ulular
que semeja a un lejano campanario.

—En la vida —opina el cojo—,
no toda letra de por sí forma abecedario.
Tampoco toda madera termina siendo un armario.

—A mí —afirma el ciego—, en cada ojo
de vecino se me muere la vista y entre los colores,
el rojo y el blanco me saben a dolores.
Cuando al viento se alzan en nuestra bandera,
quiera o no quiera,
sé que apenas
simbolizan
las penas
y la sangre de los que a falta de pan, ¡agonizan!

Perplejo, no qué hacer.
Asumo, entonces, solo mi tristeza y mi gran dolor.
Agotado, dejo soñar a mi humilde ser
y sueño que de su sueño nace un gran mañana pleno
de amor!».

TEODORO PARDO

Señor de la Soledad, te veo más soledad que
señor.

Padre mío, a punto de cerrar mis ojos,
no entiendo aún por qué de la mano irrumpieron
en tu casa la bota y la autocracia.

Mientras con tus fieles
te ofrecía sacrificio y devoción,
invadieron, Señor,
tu residencia.
Apuntándome con sus cañones preguntaron
en qué rincón escondía yo a mi amigo,
tu pastor José González García.

A puntapiés, apartaron a tus fieles,
que trataban de defenderme. Trastornados
por el alcohol y por la sed de sangre,
me arrebataron y destruyeron tu cáliz,
la copa en que yo alojaba tu fresco cuerpo.

¿Qué responderles, Señor de la Soledad?
Como las hienas, mordieron e hirieron a los hombres.
Una vez que a tiros los echaron a las calles,
con las mujeres se ensañaron. ¡No les importaba

ni la condición ni la edad!
Sobre tus bancos y sobre la baldosa de tu casa,
algunos empezaron a desnudarlas.
Los más bárbaros, curvas adentro de sus más
ya no tan ocultas intimidades, las mancillaron.

¡Con tu cruz en alto, perdí la paciencia y,
por un súbito enceguecimiento,
agredí a puño limpio a diez
o a quizás más invasores!

De pronto, un certero puntapié de mi hermano,
el capellán de la tropa, joven aún,
portador de un Cristo de plata en su pecho,
me derribó. Sin respetar
mi senectud,
¡golpeó mi cabeza con la culata de un fusil!
Señor de la Soledad, tú lo viste:
¡un cuchillazo suyo dio cuenta de mis pulmones!
Lo demás, ¡ya es historia!
¡Me sumieron en las sombras
y empecé a entender lo que significa vivir la soledad!
Señor de la Soledad,
adormecido ya mi cuerpo y cansados ya mis ojos,
aún oigo tu voz.
«Teodoro Pardo —me soplas al oído—,
¡no te vayas, compañero! ¡Si te vas,
voy a quedarme
en una definitiva y absoluta soledad!».

¿Estamos solos, Señor?

Señor de la Soledad,
mi caso es definitivo. Con las últimas fuerzas

que me quedan, acéptame un favor: ¡baja de tu
opulento altar y anda,
camina por los campos y las chozas de tus fieles!
¡Siéntate a su mesa y prueba el sabor de sus comidas!
¡Por las noches, acércate
a sus fogones, huele su leña hecha fuego
y en sus barbacoas
degusta del calor de sus
ponchos color ovejo y llama!
¡Cuídate, eso sí, Señor de la Soledad,
no sea que los que conmigo se ensañaron
confundan tu presencia con la mía!
¡Cuídate! ¡No permitas que te arrinconen ni apaleen!
¡Lleva contigo tu linterna y alumbra con tu gran luz
los trigales y maizales tanto como
el juicio de las personas de buena voluntad!
¡No pierdas de vista, te lo recomiendo,
ni al capellán militar ni a su ministro! ¡Cuídate
de todos los uniformes y también de las manos
y del vestido del propio presidente, el jefe supremo
de una extraña banda!

Señor de la Soledad, si acaso entre las rocas
o entre los bosques te encontraras con
los pedros celestinos, ¡abórdalos, Señor,
y confíales que Tú eres mi Padre y mi amigo.
¡Alegres, te asumirán como asumen las montañas
a la lluvia! ¡De paso, diles que, por más que me
cubra la soledad, jamás olvidaré una de las sentencias
de Pedro Celestino Cochachín:
«¡Mientras el miserable coma mierda o basura,
nunca perdonaré su taza de oro a los patrones!».

Al calor de aquel juicio, Padre mío,
tus fieles volverán a sentarse a tu lado.
¡Si ahora junto a mí, Señor, eres más soledad
que señor, entonces, Señor de la Soledad,
serás más señor que soledad!

TESTIMONIO DE TEODORO PARDO

«Los señores del dinero y del poder
—lo observé desde mi niñez a mi ancianidad—
se nutren del complejo de Abrahán. Como él, se creen ser
los enviados de Dios y los mensajeros de su caridad.
Al romper la luz del día o al caer la oscuridad,
con la cruz y con la espada en sus manos,
someten a los aldeanos
y a los urbanos
que les reclaman tierra y pan.

"Nuestros derechos nos vienen o nos van
—suelen compungidos confesar— de una antigua raíz.
Si Dios creyera que actuamos mal
—agregan—, detendría nuestra mano
como detuvo ante su hijo la mano armada de Abrahán".

Lo subrayo: de niño y de anciano
lo observé. ¡Ocurrentes e interesados creyentes
de la Biblia, financieros, industriales y terratenientes
se reclaman, además, patriotas y soldados!
Autosuficientes, se autoproclaman muy civilizados.
Cuando rezan, suplican a Dios
que les siga regalando si no por docenas sí de dos en dos
toneladas de plata, cerros de oro,

montañas conteniendo algún otro tesoro,
sea petróleo, sal o miel.

En caso de social descontento, un general o un coronel
asume el poder y, en última instancia, restaura su moral.
Falsos enviados de Dios, dan por bien y nunca por mal
imponer entre los que ellos llaman incivilizados
los suplicios de la cruz o de sus instrumentos acerados.
Por eso, a la luz del día o en la penumbra de la oscuridad,
extiendo incondicional mi mano
al aldeano y al urbano
que reclama justicia y nunca tanta caridad».

LA FAMILIA COCHACHÍN

Lucía, tu mujer,
tu otra mitad, tu sostén macizo,
Pedro Celestino,
tejió tu poncho y moduló tus movimientos.
Sugiriéndote, aconsejándote, alentando tu cansado
corazón, enriqueció la savia del gigantesco ácana
en que por nosotros te convertiste.

De cuerpo entero, se dio a ti
Y, pecho a pecho, de a dos concibieron fructíferas
semillas.
Sus abrazos te dieron raíces, sus besos, cortezas;
su talla, altura.
Fue así como
supiste darnos luz y voluntad de camino.
Contigo, compañero,
tu pueblo ganó fe, amor propio,
decoro y luminosas ganas de vivir.

Lucía y tú, árboles cuyos
primeros frutos se llamaron marianos y bonicios,
supieron rama a rama otorgar a estos
vientos de veranos y de inviernos
que reclamaban concordia y enormes sacrificios.

Verdes y despiertos, llegaron después vuestros
apolinarios, resumen de fibra sana,
arrullo de palomas y sostenes de los cantos
de vuestros decididos hilarios.

En torno a ti, Pedro Celestino,
ácana múltiple y a veces áspera,
¿quién no aprendió a diferenciar el grano de la paja?
Tus marías y tus domitilas daban forma
para los que nos declarábamos tus compañeros,
una suerte de armas y de quenas
con la cuales tus manueles y maximilianos
urdían sueños y melodías que arrastraban a la alegría
incluso a las yerbabuenas y a las larvas.

Tu celestino, tan grande como tu sombra
y como tú, mientras, de cuando en cuando,
reposabas,
oculto en la oscuridad u olfateando la arena,
descifraba las marchas y las contramarchas
de los portadores de la muerte.
Luego, tu coraje y tus razones agitaban tu ramaje
y a su impulso
todos nosotros éramos piedras selectivas
y efectivas de activo volcán.

La antipatria, compañero,
vieja hijastra de la España invasora,
respondía con balas, cruces, procesiones,
curas que bendecían armas, seriedad de comprables
jueces y abogados, alucinados banqueros,
arbitrarios comerciantes, argolleros industriales,
terratenientes de costumbres cuasi medioevales
y discursos de demagogos y arrogantes presidentes.

Eludiendo sus cercos, tus raíces y las nuestras,
compañero, junto a tu tronco y tus simientes,
sabían ponzoña a la antipatria.

«La tierra y sus recursos naturales
—nos hicieron saber furiosos—
¡pertenecen solo a los que asumen
los valores de la cultura occidental!
Con los rebeldes —sentenciaron—,
¡no tenemos ninguna cuestión que dialogar!».

Incapaces de rendir a Lucía, tu mujer,
tu otra mitad, tu sostén macizo, tanto como a tus
hijos y a nosotros,
empezaron, Pedro Celestino,
a tendernos trampas. Contaban para eso
con mercenarios y con verdugos bien pagados.
La patria profunda, cimentada con el acero
de la honradez y con las luces de la solidaridad mutua,
volcó sus energías a tus razones. Pecho a pecho,
¡fortaleció tu espalda y tu voluntad!
Ácana inmortal, tus raíces y semillas siguen
siendo alimentadas por los ríos y esparcidas
por los vientos.
¡Algún día, para todos, nuestra tierra echará a florecer
tus fructíferos granos de la antipatria liberados!

TESTIMONIO DE LUCÍA

«De todas las cosas que durante el día
y durante la noche disfrutaba o solo veía,
el agua era lo mejor. Su solo estar allí me fascinaba.

Nieve humilde en la cumbre, tomaba
forma de insistente gota y, desafiando toda fantasía,
atravesando rocas y piedras, era plata.
Más abajo, en las cascadas, si no era furia, era melodía.
Hermana del viento, su inquietud me ataba y aún me ata
a la tranquilidad de una laguna.

Fuente de vida en nuestra primera cuna,
me sugería un zigzag de variada hebra.
Instinto de tejido madre, compacta la belleza y el sabio
caminar de una culebra.

Observándola, labio a labio,
aun contra mi voluntad, absorta, mi boca lo decía:
"Cuando baja para inundar de los valles sus arenas,
si a muchos dormir les parecía,
sus partículas andan despiertas y de las buenas,
¡son las mejores!".

Madre de todos los sabores,
contra lo a veces esperado, sabe ser severa y castigar.

Dura, líquida, grosera y suave,
con la ternura de un ave
y con la violencia de un monstruo, busca siempre el mar.
Su eterno zigzag, si siempre es salud, puede ser veneno.
Su nombre, Agua, ¡me supo siempre bueno!
Si a veces es tormenta o simple lluvia,
¡la saludo con vocación de roca y de alubia!
Cuando le falta a mi gente, me inunda un raro espanto.
¡Imposible intentar suplirla con un inútil y salado llanto!».

PEDRO PABLO ATUSPARIA
Y PEDRO CELESTINO COCHACHÍN

Entre la esperanza y la angustia, éranse dos Pedros.
El uno se llamaba Pedro Pablo Atusparia,
y el otro,
Pedro Celestino Cochachín.
A menudo, ambos
veían en sus sueños rodar por sus prietas trenzas,
agua, mucha agua.
Conversando con el *Auki* o el Espíritu de las Montañas,
sus corazones se inundaron de nobleza
y su verbo de dulzura. Sin embargo,
la pasión del fuego y la bravura de los pumas
complementaron el equilibrio de sus ideas y de sus actos.
Por necesidad y por identidad,
el tiempo, imprevisible a veces como el vuelo
de un ave, los quiso hueso y médula
de troncos sublevados.

Pedro Pablo y Pedro Celestino,
hijos de un mismo pueblo, poco a poco se
convirtieron en el centro de la enloquecida furia
y de las trampas estatales.
Un mediodía, Pedro Pablo,
solemne y grave,

escuchó la pregunta de Pedro Celestino:
«Hermano Pedro Pablo, ¿qué hacer
contra la tiranía?».
«¡Organizar la autodefensa, hermano!
Si la gente la asume y hace carne,
no habrá mineral ni tormenta que la pare ni la rompa!»,
respondió Pedro Pablo.

Pedro Pablo y Pedro Celestino
sopesaron la realidad y consultaron con todos
los hombres y mujeres. Echando su *kintu*
de hojas de coca,
invocaron consejo al *Auki* y este, con el
viento desprendido de las rocas,
les dijo: «Hijos míos, ¡cuenten conmigo en sus
caminos! ¡Para ustedes y para el pueblo, moveré
las montañas y echaré a andar a los árboles!
¡Piedra a piedra y rama a rama, me encontrarán
prestándoles defensa! ¡Los pájaros, por lo demás,
se convertirán en vuestros secretos mensajeros,
y en las dificultades y las dudas,
os alcanzarán mis arrullos y mis luces!».

Enrarecido el ambiente, la burocracia
envió sus tropas. ¡La antipatria
necesitaba poner a prueba a sus falsos héroes!
Sedienta de sangre, la soldadesca cercó,
acosó y disparó contra las criaturas y sus ollas.
De día, ¡no toleraban ni la erupción de las teteras!
Por las noches, derribaban casas, descuartizaban
lámparas y tristísimos candiles.
Entre arengas que mancillaban al azúcar y a la sal,
desvirgaban muchachas y violaban madres y abuelas.
En sus momentos de descanso,

se divertían haciendo tiro al blanco contra cerdos
y gallinas
y destruyendo las cortezas minerales y vegetales.
Todo lo que no sabía a su gusto y sabor
era pisoteado o incendiado.
Sus cañones y sus fiestas
engendraban pesadillas en campos y ciudades.

Entristecido y después enfurecido,
Pedro Celestino organizó la autodefensa.
Pedro Pablo, dubitativo,
aprobó una a una sus medidas.
Después de arduos combates, más tarde recomendó:
«¡Hermano Pedro Celestino, ¡nos están masacrando!
¡Nuestro pueblo no sobrevivirá a tan brutal y general
sangría! ¡Tú y yo, por lo demás, necesitamos
un descanso! ¡Dialoguemos, hermano!».
«Lo que necesito, Pedro Pablo —respondió
Pedro Celestino—, no es tanto un descanso sino elaborar
las bases de una justa paz. Como tú,
¡claro que deseo el diálogo!
Eso sí, hermano, ¡cuidémonos de que la otra parte
asuma que la tierra y nuestros recursos naturales
deben pertenecer a nuestro pueblo y no solo a la élite!
¡Sin beneficiarnos de aquellos, nuestro bienestar
carece de bases y sustento!
¡Cualquier otra paz no merece el diálogo!».

A imagen de un copo de lana parda y de una gris
nube caída desde el cielo, en aquel momento
una lechuza llegó a posarse
con un sonoro y repetido canto
sobre la vara de mando del alcalde
Pedro Pablo Atusparia.

«Mala señal», comentó este. Y, despidiendo a la
lechuza, derramó gruesas lágrimas por la mala suerte
de su pueblo.
En eso, una borrasca de balas tendió su manto de muerte
contra un gran sector de habitantes
del norte del Perú.

De la mano de Pedro Pablo Atusparia,
Pedro Celestino Cochachín vio reales y cristalinas
aguas rodar, como en sus sueños, por sus prietas trenzas
y por las trenzas de Pedro Pablo Atusparia.
¡Agua, mucha agua!

Enternecido, cubrió con su poncho
el frío cuerpo de Pedro Pablo y propuso:
«¡Echémonos al monte, compañero!».

Perplejo, Pedro Pablo calló.
Sus prietas trenzas ya no derramaban agua.
Por sus gestos, dio a entender que acababa de elegir
el camino de la soledad y del silencio.
Por última vez, abrazó de corazón a Pedro Celestino
y le deseó suerte, mucha suerte, cuando lo vio
echarse al monte con sus hombres.

Burlando a los soldados y respondiendo al fuego
con el fuego, Pedro Celestino
solía pensar con cariño en su hermano y compañero,
Pedro Pablo Atusparia.

Con sus montañas y sus bosques en movimiento,
el *Auki* anunció a ambos que la furia de la soldadesca
no los afectaría. Debían cuidarse, eso sí,
de los mercenarios y sus trampas.

DOS LUCEROS

LUCERO PRIMERO

Pacha paqariy ch'aska, tu caballo, compañero.
Partido en dos por un cañonazo, no detuvo su galope.
Paso a paso, Pedro Celestino, rindió a su tope
y su luz, más que su cuerpo, te llevó a Ataquero.

En tu pueblo, cayó junto a una roca. «¡Lucero, Lucero!
—clamaste—, ¡párate, valiente! ¡No, no rindas tus huesos!».
De rodillas ante él, ¡cubriste su papada a besos!
Dominado por el dolor de tu pecho, lucías tierno y fiero.

Como en sueños, su hermoso trotar por los campos veo.
Salvando abismos, su agilidad me asombra. Aún creo
oír sus relinchos y aún su seguridad nos guía y cuida.

Pacha paqariy ch'aska de canto a canto fue su vida.
Hay noches, Pedro Celestino, que, de cuerpo entero,
bajo la luna, ¡a ti y a él se les ve galopar por Ataquero!

LUCERO SEGUNDO

Tu segundo caballo, Pedro Celestino, inteligente
e intrépido, hablaba casi. Sus ojos de ardiente brea

ponían en fuga al enemigo. En tu defensa, en la aldea
y más allá, embestía. A tu señal, sabía ser prudente.

Con relinchos advirtió de la soldadesca el contingente
que, en una aislada casa, en son de fiesta, metralla
en ristre, esperaba. El traidor que abrió la puerta, vaya,
te ofreció un jarro de chicha. ¡Parecía ser buena gente!

Corcoveó Lucero, ¡alertándote! ¡La pócima dopada
estaba! Confiado, ¡tú te la bebiste! ¡Se dormía
tu organismo cuando tu guardia personal fue apresada!

Desvanecido al verte, Lucero acosó a la élite. Quería
solo desesperarte para huir contigo hacia la puna.
Ametrallado, ¡cayó y se alzó a esperarte en la luna!

CARTA INCONCLUSA DE PEDRO CELESTINO COCHACHÍN A LUCÍA, SU ESPOSA

La noche que precedió a su caída
en la trampa, Pedro Celestino me llamó y dijo:
«Anacleto, más que mi secretario, ¡fuiste mi hijo!
¡Toma nota, poeta, con tu querida
pluma, de las palabras últimas que me dicta la vida!:
"Lucía, tú fuiste mi urbano y mi silvestre ramaje.
Tu espíritu, amada mía, sumó a mi bagaje
la melodía de una gran canción.
Para ti, a la vez que te regala
el recuerdo de un vuelo y de un ala,
¡canta mi corazón!

Me alumbra, Lucía, en la oscuridad, tu apacible sonrisa.
Tus cabellos negros, largos y de inolvidable brillo,
otorgándome la dignidad de la altamisa,
buscan y se enroscan en mi pecho.
Tu frente, amor mío, como un celestial techo
aporta a mis manos la dulzura de un membrillo.
Tu boca alienta mi camino, difícil, aunque tan sencillo.

Lucía, el viento
me trae al calor
de tu imagen una tristeza sideral y un gran dolor.
Confuso, te comento,
camarada,
mi incapacidad para entender por qué la Fuerza Armada
del Perú, como si fuera
ciega fiera
o una foránea fuerza invasora,
asesina a su propio pueblo. ¿Por qué lo dispara?
Amor mío, la nuestra, ¡qué suerte tan rara!

¿Por qué cuando los trabajadores, a buena hora,
Reclaman que les devuelvan sus robadas tierras
y se les asista con mejores salarios y cultura,
en nombre del orden y de la cordura, con mano dura
la tiranía arrasa sus valles, su selva y su sierra?
¿Por qué al que exige diálogo, paz y entendimiento,
se le contesta con tortura, bala o encarcelamiento?

Yo, Lucía, como tú, no me sé aburrido de la vida.
Las malas noticias que me acosan,
¿tus ánimos afectan y destrozan?
Te sueño conmovida
y, a veces, acosada por el miedo.
Extiendo mi mano y a la distancia tu ser acaricio.
Mi amor, desde mi alma te confieso que no puedo
ni podré vivir sin luchar por la justicia.
Antes de aceptar los abusos con que el poderoso asfixia
a mi gente, envenena su aire y, sin cesar, su suelo
le arrebata, prefiero, mi cielo,
luchar y en la lucha morir o caer a un mortal precipicio.
En mi sana razón y en mi sano juicio,
Lucía,

quiero para ti y para mi pueblo una florida primavera.
Sonríeme, mi amor, y devuelve con ello la melodía
que le anda faltando a mi gente y a nuestra cordillera.
Por ti, amada mía
y mi flor primera,
creo en el lenguaje de los colores y en el de la poesía.

Mujer silvestre y mujer urbana,
Lucía,
¿habrá para ti y para mí un mañana
libre de padecer y de alevosía?
De alcanzar semejante sueño, ¡tú y yo, como dos traviesos
niños, nos regalaremos dulces caricias y tiernos besos
y, en paz, pasearemos bajo los cerezos
que con porfía
y embelesos
siempre cultivaste en el jardín de nuestra casa!

Ahora que te sé sola, ¡acepta mi recuerdo!
Por no derramar lágrimas de acero, ¡la hierba muerdo!
Pese a la distancia, mi alma te abrasa.
Mi corazón te desea. Como al mejor vino,
mi identidad te olfatea, te nombra y te saluda.
Lucía, me duermo. Agotado, mi palabra se torna muda.
Acostado sobre un frío gras,
solo te pido: ¡duerme en paz!
Mañana continúo escribiéndote. Tuyo: ¡Pedro Celestino!"».

LOS SUEÑOS

Vicuña hermana, sueño o verdad,
sueño que tú me sueñas convertido en pampa inmensa.
Mi piel cubierta de vegetación múltiple,
cuando tu boca arranca el *ichu* verde,
se puebla de serpientes.

Hermana mía, bellísimo animal de noble lana,
tus ojos son la luz
del *Hananpacha*.
Tu cuello alzado, una angulosa variedad
de la lluvia y del floripondio,
me guía a los musgos y a las musarañas.

Cada pelo tuyo, en tus sueños,
busca a las criaturas huérfanas
y les presta tu calor y devoción.

De pronto, tan suave y bondadosa,
entregas tu piel
a las bellotas que encierran abejas y cantutas.
Entonces tú, perfecto animal de sueños claros,
asciendes con el viento a las más altas
y lejanas cumbres.

Verdad o sueño, vicuña hermana,
sueño que tú, como yo, sueñas los sueños
de los pedropabloatusparias
y de los pedrocelestinos.

Arriba, siempre arriba,
atravesando las cimas pobladas por mama *rit'i*,
tus hermanos, los cóndores,
se saben aves que tus sueños sueñan.
Son, así, tórtolas y palomas tiernas.

Tus sueños, mi noble hermana,
semejan a los sueños de las lucías y hortulanas.
Abanico multiplicado de frentes mustias,
tu corazón es un racimo de rosas siempre abiertas.

Cuando me tocas, tu hocico
me confiesa un secreto que me invita
a romper millones de cadenas.
¡Dichoso tu reino ajeno al esclavismo!

Para que siempre me visites,
vicuña hermana, convierto mi piel
en la yerba que te gusta.
A tu sombra, me sé tu llano y
tu valle cubierto de lo que para ti es oro y plata.

Con cariño, lo declaro, hermana mía:
sueño que tu sola presencia
es el sueño de un mundo al cual no le falta la fe
ni el horizonte.

Contagiado por tu belleza y libertad,
sueño que sueñas el sueño de la Mamapacha.

En medio de él, cada persona, sin ser ave,
¡vuela! ¡Cada cocodrilo y cada bicho
aspira a contar con libros, música,
voz propia y dignidad!

Viva y elocuente, vicuña hermana,
tu sangre me contiene. Contigo y con los que
tus sueños, como yo, sueñan,
me niego a ser o a comer solo cenizas.

Animado por tus gloriosos pasos,
entre las piedras y las raíces,
¡levanto mi cabeza,
observo, pienso y avanzo!

La luna y el mar forjan tu voluntad y la mía.
Cuando me cubro con mi poncho de tu lana,
¡resucitan los asesinados por el delito de haber
soñado sus dulces sueños!

Tu boca poblada de serpientes y tus ojos,
la luz pura del *Hananpacha*, alimentan
y multiplican la sabiduría de la naturaleza.
En la estructura de tu ser,
las bellotas se declaran parte de tu piel.
Bajo tu dermis y epidermis,
me lo cuentas en tus sueños,
conviven las abejas y las cantutas
y, al pie de tus pezuñas,
se multiplican tulipanes con sabor a pan,
musgos y musarañas que se apoyan y respetan.

Observándote correr por la pampa inmensa
en que me sueñas, despierto y me sé orgulloso,

bellísima hermana mía,
de ser parte de tu sombra, de tu ser
y de tu necesidad de rechazar siempre las cadenas.

CIELO AÑEJO

Endrino cielo añejo:
en tu infinita báscula me juego,
y siempre jugaré,
mi propia suerte por la suerte
de mi pueblo.

Pulieron tu esplendor y tu aliento
los glaciares entre los cuales
mis antepasados,
las nobles *guitarreras* y los dignos
guitarreros, forjaron su ser y su quehacer.

Por ello mismo, a ti me vuelvo,
mi cielo añejo, para agradecerte
mi propia existencia.

Mamá Hortulana un día me lo dijo:
«Pedro Celestino, tu sangre, hijo mío,
se nutre del color rojo y del blanco
que caracterizan los amaneceres
de la cordillera Blanca, y tus células
albergan la sustancia de nuestras flores.
Tus cabellos, como los míos,
se nutren de lo negro, el otro gran color
de la cordillera Negra, madre de la cea *huash*,

nuestro verde yerbatal de flores amarillas,
hermanas gemelas de cada mariposa».

Cielo añejo, padre mío,
con mi frente vuelta hacia ti
apuesto, con la venia de mis antepasados,
por el ser y el quehacer de cuanto
es mi pueblo.
¡Que tu báscula decida y me socarra
en la eliminación de la avaricia,
del robo y de cuanta lacra corroe la superficie
y el fondo de nuestro suelo y subsuelo!
Te venera: Pedro Celestino.

JOSÉ ALEGRE

Con su vientre abierto por unas ráfagas
rebotadas desde unas rocas, sosteniendo
con una mano sus intestinos descubiertos
y acomodándose el cabello con la otra,
José Alegre se aferraba a la vida.
Desplazándose por campos y aldeas,
contaba:
«El maestro y amigo
Pedro Celestino Cochachín
era un arriero y un minero afortunado.
El comercio
de la madera y de sus metales no era,
sin embargo, el
objetivo de su vida.

Rodeados sus trechos de piedras, maizales
y legumbres,
estas le interrogaban
por el origen de nuestros dolores y miserias.

Hombre múltiple de corazón fino,
detuvo una tarde de aguacero su piara de asnos
junto a la ramada de unos comuneros,
sus hermanos.

Luego de saludar a hombres y a mujeres que con
humildad lo recibieron, se quitó el sombrero,
acomodó sus trenzas, tosió y comentó:
"En mi opinión, señores, el dinero
debería servir a la gente. En nuestro país,
se me hace que la gente vive para servir
al dinero y a sus dueños. A ustedes, compañeros,
los veo, día a día, desayunar sin pan
y comer sin sal. En comparación, los
dueños de las tierras que hace muchos años
eran nuestras,
tanto como los dueños de las industrias
y de las finanzas,
concentran en sus manos lujo, recreo y bienestar.
De manera casi absolutista, por lo demás,
disponen de la política y del poder.
Desde sus haciendas y desde sus oficinas,
nos siguen quitando las aguas,
los recursos naturales y la salud.
Para multiplicar
sus particulares beneficios,
¡nos imponen impuestos!
¡Con mano fría, asesinan al que no acepta vivir
para servirles!
Pregunto, por eso:
¿no es tiempo de decir ya, ¡basta de abusos!?».

Días después, a la cabeza de Marián Pampa,
el viejo Pedro Pablo Atusparia y sus comuneros
—entre cuyos hombres y mujeres me encontraba—
nos levantamos
contra la red que nos confundía con sus objetos.
Sorprendida, ¡la ciudad de Huaraz por ellos

administrada
se rindió!

Los poderosos
se fijaron en nosotros y sonrieron.
Sus sonrisas, sin embargo, denunciaban
¡un gran cinismo! ¡Para acabar con las pulgas,
estaban dispuestos a matar
al perro!
Lima, el centro del poder *supay*,
entró en ebullición. A las diablas y
a las locas, movió su péndulo
gordiano, una especie de nudo que ataba nuestras
milenarias energías a sus ejes de terror y acero.
Los militares y sus socios, los eclesiásticos,
¡creyeron llegada la hora de la nueva Inquisición!

Al enterarse de nuestra situación,
Pedro Celestino Cochachín
abandonó sus quehaceres cotidianos.
Apoyado por Lucía, su digna mujer,
de Asamblea en Asamblea
o de choza en choza,
con la visión de una lumbrera,
nos organizó
en columnas y escuadrones.
A la cabeza nuestra, en sus momentos
de reposo,
solía confesar:
«Cuando era niño, sueño o realidad,
junto a las lúcumas maduras y a
las olorosas maracuyás,
solía una voz decirme: "Muchacho,
¡fíjate en las lagunas y en nuestros lagos!

En sus fondos cristalinos y lapislázuli,
la luna predispuso una hembra
que podría
ser una llama o una vaca.
Cooperativo, el sol agregó
un macho,
llama masculino o toro entero.
Aquella animal pareja,
hijo, ¡se ha multiplicado!
¡En tus horas difíciles, acude a las lagunas
y a los lagos! ¡Rastrea entre sus aguas frías
a las hembras escondidas!
¡Si en tus momentos difíciles
las localizas, te aportarán su leche, una especie
de buena suerte
que en nuestras tierras le falta a nuestra gente!
¡No duermas, hijo mío!
¡Despierta y con tus energías
ve a contribuir
a la fuerza, a la razón y la alegría de los débiles!".

La última vez que aquella voz me abordó,
desde entre el sabor de una aromática lúcuma
clamó:
"¡Pedro Celestino,
tú eres parte de la hebra y de la piedra angular
de mis tres mundos!".

Lo que creí una simple voz
¡azotó, a continuación, las ramas de los árboles!
Tornado en un gran remolino, arrojó lejos,
muy lejos, ¡piedras, troncos y hojas muertas!
Más tarde comprendí su símbolo
y decidí ser parte de la hebra y de la piedra

angular que en vuestras manos dan forma
y contenido a nuestros mundos!».

La mayoría de los que lo escuchamos,
entendimos la seriedad de sus palabras.
Era el momento ya
en que, perseguidos por los militares y acosados por los
sacerdotes que bendecían sus armas y sus asesinatos,
empezamos a perder manos, cabezas y corazones.
Huyendo, en las alturas
dormíamos en torno a los lagos y lagunas.
Por las mañanas, aspirando su brisa
y bebiendo de sus aguas, satisfacíamos nuestra sed
y nuestra hambre.
Simples frases o algunas palabras sueltas
de Pedro Celestino agregaban a nuestros
pechos
realistas y grandes esperanzas.
Sus sugerencias nos sabían a jardines;
sus estrategias, a grandes luces.

«Mucho antes de hacerme arriero
y comerciante,
—solía, además, Pedro Celestino confesar—,
me gustaba caminar por entre valles y quebradas.
En compañía de mamá Hortulana,
compartíamos con los comuneros una papaya,
un pacay y las porciones de cancha y queso
que siempre llevaba en mis alforjas.

Un día de lluvia,
mamá Hortulana me sugirió
buscar la protección
de una roca. Boca esta o comienzo de una cueva,

pegué a sus partes cóncavas mi oído y, como si fuera
un calabazo conteniendo olas marinas, en su interior
detecté una fuerza que se me figuró ser el caminar
o el simple desplazarse de colinas y montañas.
"Mamá —pregunté un tanto escéptico—,
¿será posible que, a imagen y semejanza
de las olas del mar, un día se pongan en movimiento
la cordillera Blanca
y la cordillera Negra?".
"Hijo —respondió mamá Hortulana—,
querámoslo o no, vendrá el día
en que nuestras cordilleras se pondrán en movimiento.
Puesto que contra la gente
más sencilla
se ceban la opresión y los abusos,
con la energía y la inteligencia esparcidas por
nuestras cordilleras, ¡hombres y mujeres
conquistarán su libertad!
¡Por su propia iniciativa, las bestias acudirán
en su ayuda!
¡Levantarán los caballos sus cabestros y descargarán
con ellos
contra los patrones
la brutal fuerza con la que solían azotar a sus
sirvientes!
¡Para mi alegría, hijo, el fuego abrasará y convertirá
en cenizas a todos los que siglo tras siglo
sometían a comer a los nuestros
si no solo yerba o broza,
solo maíz cocido por las mañanas,
solo maíz tostado hacia los mediodías
y solo maíz molido por las noches!".

Oída y asumida la opinión de mamá Hortulana,
creí posible, más tarde, convertir a los pájaros
en nuestros efectivos mensajeros.
¡Con su ayuda podríamos, por fin,
pensé,
superar el monopolio de las noticias
cuyos dueños llaman no mercado,
sino libertad de prensa!
Nuestras palomas,
me ilusioné, transportarán los mensajes
con los cuales
¡movilizaremos a nuestros honderos!
Los cóndores en vuelo,
supuse, ¡guiarán a nuestros rejoneros!
Y, con la ayuda de nuestros pumas,
creí, ¡asaltaremos y destruiremos sus cuarteles
y sus oprobiosas cárceles!
"Mamá
—comenté durante nuestro último paseo a Hortulana—,
¡hago mías tus palabras!
¡Sean conmigo los augurios de tu corazón!
Tu paciencia y tu sonrisa
serán parte de la piedra en que se fundará
y sostendrán nuestros combates".

"No olvides, Pedro Celestino —escucho aún
a mamá Hortulana advertirme—,
que vivimos en un país múltiple
y un tanto enfermo. Aquí, ¡cualquier ladrón
y mentecato suele ascender a general o a presidente!
Por eso, ¡ten en cuenta de que quienes deberían
estar encarcelados,
hacen de jueces y de parlamentarios!
La justicia, para nuestra universal vergüenza,

es solo un comercio de ministros y abogados,
sellada y santificada con ciertas mentiras
que le aportan ciertos credos, ciertas firmas
y ciertos sellos notariales.
¡En nuestro mundo, las trampas son realidades
más grandes y sólidas que cualquier divinidad!"».

A la cabeza nuestra,
Pedro Celestino Cochachín confesaba su amor por
la rosa despierta y jamás marchita que era Lucía,
su esposa.
«Amor mío,
—proclamaba—,
en la púrpura de tus mejillas
adivino el sueño de los truenos.
De tu vientre hacia tu cuello leo un agitarse
y un palpitar de un nuevo mundo».
«Pedro Celestino —le escribió una vez Lucía—,
mi pecho y mi vientre son, mi cielo,
los ramales en que se dan la mano todos los colores
y todos tus deseos. Si necesitas un consejo mío,
solo he de decirte: ¡confía en tu pueblo
y en mí! ¡Cada célula y cada órgano nuestros
estarán siempre a tu lado!».

«Sé que en tu corazón, amada mía —respondió
Pedro Celestino—, ¡hay amor, rabia y tristeza!
Tu entrega a nuestro movimiento
redime mis penas y las penas de los que me rodean.
Semana a semana, para nosotros
tu apoyo equivale
a siete siglos de vida plena.
¿Comprendes tú por qué las diabólicas fuerzas
incendian y asolan todo lo que es nuestro?

Mujer y amiga mía,
a la luz de cada valle andino
te sé sombra y energía en los picachos.
Tu calor y tu sonrisa son
el óleo que alimenta mi espíritu.
En mis horas de soledad y de dolor,
¡tu recuerdo es la medicina que me devuelve
la salud y la alegría!
Pese a la dura distancia que nos separa,
¡extiende tus manos y derrama para mí y para
los nuestros
toda tu ternura!
Te confieso, Lucía, que, cuando veo un arcoíris,
en secreto
en una de sus puntas
deposito un beso para ti.

Te dejé en Ataquero, mi pueblo anónimo,
y partí, Lucía, a Mancos,
otro pueblo anónimo.
¡Llevaba apuro por enfrentar y poner fin
a la paz de los cementerios que nos ofrecen los
¡señores de la guerra!

Compañera mía,
Lucía, te cuento que, urgidos por la sed
de un nuevo mundo, los alcaldes José Orobio
y Pedro Pablo Atusparia —y detrás de ellos
cientos de alcaldes más y los suyos—
¡me esperaban!
¿Recuerdas que la última tarde que pasamos
juntos
te anuncié que las cordilleras se habían

puesto en movimiento?
Como una raíz más o como una porción
de roca, ¡camino con ellas!
Como cuando nos separamos, te sigo
encargando solo dos cosas.
Una, ¡aun en los peores momentos, canta!
Y la otra, ¡permite que nuestros retoños,
la mejor síntesis de las pulsaciones de tu vida,
sigan las rutas que su justa conciencia les irradie!
¡Adiós, Lucía mía, mi dulce savia!
¡Hasta la victoria, nuestra y tuya!».

En su mutismo
Pedro Celestino Cochachín
sabía que su camino y el nuestro,
necesario e irreversible, estaba lleno de espinas.
Más allá y al margen de él, ¡reinaba solo la injusticia!
¡Cosa cierta: carecíamos de otra alternativa!

En nuestras batallas, ¡desechamos devolver
el mal por el mal!
La honda y la piedra, reforzadas por las escopetas
y por los machetes, nos servían para derrotar a los
cañones y fusiles. Fue así como,
milímetro a milímetro,
barrimos con los tiranos de nuestro entorno.
En nuestros tres mundos,
las palomas, por fin,
además de nuestras mensajeras
con sus arrullos
devinieron en orquestas
y en ninfas de alegría popular.
Allí donde triunfamos, por lo demás,
nuestros granos y nuestros frutos,

tan diversos y múltiples,
enriquecidos por el sol
y por la luna,
de nuestro pueblo,
aportando lo mejor del agua y de la tierra,
empezaron a llegar a nuestro pueblo.
Con renovado optimismo, cada cual comprendió
la importancia de que el trabajo y el dinero
sirvieran a la gente.
La reciprocidad funcionaba, ¡y todo nos sabía
a bondad, a luz y a fantasía!

Conmovido,
bajo nuestra administración
descubrí junto a mí a muchos niños callejeros
que resultaron ser, como yo,
hijos engendrados al interior de las haciendas
o en los oscuros cuartos de alguna iglesia.
Caritas sucias, discriminados por ilegítimos
y por huérfanos, hasta entonces desnutridos
y enfermos, los oí
declarar ante Hortulana y ante Lucía
haber nacido de mujeres abusadas
por los hacendados, por los hijos de estos
y por sabios eclesiásticos,
quienes llamaban a cada madre suya,
como a la mía, «indias brutas».

Jamás olvidaré los días en que mamá Hortulana
y Lucía negaban su tiempo a Pedro Celestino
para entregárnoslo a nosotros. Cada cual con
su pan grande, ¡buscaban nuestras bocas!
Colocando sus manos sobre nuestras cabezas,
milagro del amor desconocido,

nos hicieron sentir seres humanos.
Entonces entendí por qué los pétalos
aman y agradecen al rocío.

Cuando creíamos estar reconstruyendo
los primeros escalones sólidos en que debía
asentarse una sana humanidad,
una madrugada,
cerca de nosotros
retumbó
la melodía de una trágica trompeta.

Tras su silencio, las campanas de las iglesias,
olvidadas casi por nosotros,
echaron vuelo. Entre tedeums y procesiones,
la mayoría del clero y de los terratenientes,
¡se sumaron al poder *supay*!
¡Los coroneles y los generales, agradecidos
por sus gestos, celebraron con champán su clara
toma de partido!
Como desde el primer momento de la conquista,
la cruz y la espada se juntaron y nos declararon
«bandoleros y desalmados delincuentes».
A Pedro Celestino Cochachín
lo calificaron como «enemigo público
número uno».
Dispuestos a restaurar su dominio
y a someternos al servicio de sus excluyentes
intereses, atados a la vez
a los intereses extranjeros que cofinanciaban
su sistema, en sus numerosas procesiones rezaban:
«Con el cordón de tu hábito santo,
san Martín de Porras,
Padre nuestro, ¡otórganos el encanto

de ahorcar a Pedro Celestino!
Si lo deseas, ¡tú mismo puedes borrarlo como borras
de nuestro diario camino
todo mal augurio y todo mal destino!».

Por una concesión mutua,
de acuerdo con Pedro Pablo Atusparia,
Pedro Celestino propuso dialogar.
«Si asumen que la tierra y nuestros recursos
naturales deben pertenecer a nuestro pueblo
y no solo a los de sus círculos —opinó—,
y si respetan e integran nuestra práctica
de economía comunal y nuestra cultura a las
suyas —agregó—, los aceptaremos
en todas las escalas de nuestros
¡Tres reales mundos como hermanos!».

«¡Idolatría!», respondieron unos. «¡Incivilización!,
¡salvajada!», agregaron otros.
«Santa Rosa de Lima,
—reanudaron sus rezos los más radicales—,
santa Rosita de Lima: tú que sabes
del dolor que generan los propios castigos,
escucha nuestros credos y nuestras aves
marías y ven, ¡socorre a tus devotos y amigos!
¡Quítanos de en medio, patrona de Lima,
a aquel a quien tenemos grima:
al bestial Pedro Celestino!
¡Por la sangre del señor que se transformó en vino,
ayúdanos a encerrarlo en un establo
o en un negro pozo
como con gesto delicado y hermoso
supiste tú encerrar al mismo diablo!».

Acostumbrados a arreglarlo todo con fuego
o con dinero,
los más desesperados y el mismo Gobierno
ofrecieron, por la cabeza de Pedro Celestino,
ingentes sumas contantes y sonantes.
Las trampas y los tramposos, como lo anunció
mamá Hortulana,
empezaron a poner en movimiento sus tretas
y sus cebos.
El aparato militar, maquinaria del crimen legal
y bendecido,
nos sitió.
Iniciada su cacería, su patriotismo se
concretizó en la horca, la bala y la masacre.

El fuego de sus cañones
incendió nuestras casas.
En los campos, ¡protegidos por la oscuridad de las
noches, quemaron nuestros sembríos!
¡En torno a nosotros, Manuel Granados
y sus combatientes fueron reducidos
a humus rojinegro!
Más allá, mientras trataba de garantizar
nuestra seguridad, sobre un puente, ¡acribillaron
la lumínica presencia de Ángel Baylón!
¡Con saña, a Pedro Pascual Guillén
lo redujeron a una especie de liana
y de restos de hierba indescifrable!
¡Atravesaron el corazón de José Toribio Dorado,
el hombre que no era sino un verso en medio
de la prosa!
¡Por entre el polvo y las piedras, derramaron
los sesos del viejo Marcelino Tukushhuanca, la
poesía hecha mano combatiente!

¡Arrancaron la luz de la vista de José Orobio!
¡Ahogaron en sangre la ecuánime fe
de Fernando Roque!
¡Cortaron las venas y las extremidades
de Marcelino Sifuentes y del muchacho
Celestino Cochachín,
uno de los hijos de Pedro Celestino!
¡Redujeron a la nada las células
de los hermanos Bernardino y Martín Soriano!
Bajo el pretexto de esconder como a un pez
cualquiera a Pedro Celestino,
¡dispararon contra el río Santa! Ensangrentadas
sus aguas con la liquidez de nuestras arterias,
¡las maldijeron
y siguieron disparándole solo para demostrar
su capacidad y placer de destrucción!
Como emborrachados, después de
sembrar el terror allí donde había vida,
¡izaron su bandera!
¡Su civilización, al parecer,
mis amigos, desconocía otros medios
de ponerse en marcha!

Bombardeada el agua, quemada la tierra
y tasajeada gran parte de nuestra gente,
Pedro Celestino Cochachín
señaló nuestros colibrís y nuestras palomas
y a la cabeza tras de él
volamos
hacia el monte.

¡Sedienta de muerte, la soldadesca
siguió tras nuestros pasos!

En algún momento, alcanzamos Póngor.
Bajo su añil cielo, empezaron a faltarnos la
seguridad, los combatientes, el agua y los alimentos.
¡Solo el mito y la necesidad del triunfo
nutrían nuestros cuerpos y nuestras almas!

En desplazamiento permanente,
dormíamos con frecuencia al abrigo de las
fantasmagóricas rocas del *Kuncku.*
Asistidos por la luna,
soñábamos con legumbres que buscaban nuestras
bocas. Grano a grano, nos entregaban su color
y su frescura.
Las piedras, disfrazadas de proteínas,
se alzaban a nuestras manos. Mezcladas
con frescos choclos, eran nuestra delicia,
nuestro placer y nuestro fantástico dispendio.
Renovados
así nuestro buen humor y nuestras fuerzas,
aplaudíamos la solidaridad de las mariposas
y de las luciérnagas,
compañeras que guiaban hacia nuestras filas
a nueva gente que acudía a socorrernos
con sus hondas, con su miel o con su sal.

Invisibles para la soldadesca,
poco a poco empezamos a darle vuelta a la tortilla.
Cuando menos lo esperaban, devenimos
en sus insoportables pesadillas.
Confundidos, confesaban
oírnos reír entre sus celdas y aun al pie de sus
zapatos.
Desconfiados de todo cuanto los rodeaba,
nos confundían con cóndores, con zorros y con

culebras.
Desesperados,
¡disparaban acá y acullá! ¡No importaba si destruían
solo árboles o rocas!
Para mi mala suerte, una tarde,
dos ráfagas de sus fusiles rebotaron desde unas
rocas
contra mi barriga y, desde entonces,
a veces sangrando o sintiendo que la vida se me iba,
caminé con mis intestinos,
cargándolos junto a mi honda entre mis manos.
¡Para seguir acosándolos
y para hacer de cronista oral o solo de testigo
de sus furias, necesitaba seguir viviendo!

Niños mimados del poder,
donde ponían pie,
lo confesaban sin ruborizarse,
urgían por aniquilarnos. Sin lograrlo,
lo juraban, no podían garantizar
la existencia de sus haciendas ni la multiplicación
de sus ganancias. ¡Su tiempo y nuestras cabezas
los calculaban en plata y en oro!
De paso, nos atribuían un raro salvajismo
y declaraban que no había forma de hacernos bien
sino amarrándonos al servilismo, a la miseria,
al analfabetismo y al castigo.
¡No importaba si para lograrlo recurrían al recurso de
la tierra quemada y a inescrupulosos artificios!
La mentira, el soborno y el ardid
empezaron a ser las niñas que fundían el gusto
y la visión de su moral.
A cambio de unas cuantas monedas,
Dámaso Rodríguez, un tendero pizarril

o quizás un luquista semiibérico,
se alió a la antipatria. ¡Para vergüenza de muchas
generaciones, con astucia
y vileza, les vendió su dignidad, y la nuestra!
Anacleto Méndez Loli, el poeta que escribiendo
y combatiendo solía caminar
junto a mí, fue como yo,
oídos y ojos
de la ejecución de su juego sucio.
Tendero a quien, de cuando en cuando,
le comprábamos algunos alimentos,
con un mensajero
nos hizo llegar una nota que decía:
«Compañero Uchku Pedro, para usted y para
sus valientes hombres, de quienes me sé
su sangre y hermano, tengo reclutadas algunas
centenas de armas, algún dinero y legumbres a granel.
¡Pase por mi casa a recogerlos!
Para evitar sospechas de la represión,
con los futuros combatientes que colman
ya las habitaciones de mi casa, simularé
en beneficio de mi hijo último
una fiesta de católico bautismo.
¡Salud y bienvenido a esta su casa, compañero!».

Guitarra en mano,
Anacleto Méndez prosó un saludo
que sabía a homenaje a lo que creímos ser
una gran iniciativa popular. Animados por
su maravillosa música y la fuerza
de sus textos, nos dirigimos a Carhuapampa.
Allí, ¡a la puerta de su casatienda,
nos esperaba Dámaso Rodríguez!
Cuando alcanzamos su terraza,

recibió él en persona a Pedro Celestino Cochachín.
Simulando algún contento, le ofreció un vaso
de chicha de jora. Invitado a pasar
al interior, Maximiliano Cochachín precedió a ambos.
Detrás de la semiabierta puerta, ¡apabullantes
puntapiés
y certeros cuchillazos harnearon su robusto
y ágil cuerpo!
Lucero Segundo, el caballo de Pedro Celestino,
se unió a nuestra ebullición. ¡Sus relinchos
y patadas, a igual que nuestro contraataque,
no bastaron, sin embargo, para evitar
los porrazos ni los culatazos
que llovieron contra el cráneo y las costillas
de nuestro comandante,
¡Pedro Celestino Cochachín!

Mamá Hortulana, el cielo claro
de aquella mañana bañada en luz solar
fue mudo testigo de cómo tu hijo,
padre y maestro nuestro,
¡nos fue arrebatado!
Dormido por un somnífero mezclado con la chicha
de jora que Dámaso Rodríguez le dieron a beber,
además, a mansalva golpeado,
no oyó ni vio la tormenta de fuego que desde
los cuatro puntos cardinales
nos lanzaron los tramposos.

Acribillados o cercenados, en intensos
e inolvidables minutos,
fuimos convertidos en una especie de roja y amarga
tinta, parte de
la que para escribir su historia usó nuestro pueblo.

El potro en que yo cabalgaba,
mamá Hortulana, sufrió la pérdida de una de
sus patas.
Aun así, ¡bravo animal,
como el más fino y veloz rayo,
cabalgó hasta ponerme a salvo!
¡Al pie de una frondosa puya, se detuvo!
Abandoné su lomo
y, entristecido, sin descuidar mis intestinos al aire
ni mi honda armada de una redonda piedra,
¡abracé su gran cabeza, sequé a besos sus sentidas
lágrimas
y, a campo abierto, lo dejé en libertad!
Cojeando él y sosteniendo yo en mis manos
el insistente desparramarse de mis
intestinos,
nos entregamos cada cual a rumbos diferentes.

Caminando con más dificultades que nunca
en busca de algún norte, me di cuenta de que las
cordilleras, dolidas como mis sobrevivientes
compañeros y como yo,
habían cesado ya en su movimiento.
Nutriéndome de las flores y de los colores de los
más altos nevados, aliviando mi sangre
con sus aguas,
decidí seguir viviendo,
qué importaba si fuera solo para informarme
y denunciar lo que la soldadesca hizo
con el señor de la consecuencia
y la constancia,
Pedro Celestino Cochachín.

Luego de despertar,
lo supe: al tomar conciencia de lo sucedido tras
su imprevisto sueño,
se encontró él amarrado por sus manos
a la cincha de dos
robustos y ariscos caballos.

Alcoholizados, los oficiales más envalentonados,
¡volvieron a patearlo! Los más amables
¡le orinaron, le aplicaron puñetazos
y lo insultaron! Redondeaban así
la cara y el sello de su patriotismo.

Asustados, después, acerca de un posible
contrataque liberador nuestro,
ordenaron la marcha forzada
e inmediata de la sierra hacia la costa.
Aupados a su mejor caballería, ellos
arrastraron a fuerza de dos caballos
a mi padre y hermano, Uchku Pedro.

Cayéndose y levantándose,
cubierto de polvo, de barro, de sudor,
y rota su piel y algunos de sus huesos, días más
tarde,
Pedro Celestino Cochachín
fue introducido en el patio del cuartel de Casma.
La húmeda oscura noche
devolvió a su desollado y disminuido cuerpo
una gran tranquilidad y un gran reposo.
Tras observarse en el fondo de una taza de agua,
sus profundos ojos negros
le devolvieron la condición de espectro de sí mismo.
¡Pese a todo, su persona íntegra y serena seguía

siendo dueña
de un gran raciocinio y de una absoluta claridad!

En algún momento
llamó a Fausto Minaya, el último hombre
que le alcanzó su taza de agua.
Agradecido por tal gesto, le comentó:
«Los simples soldados son, mi querido Fausto,
solo instrumentos de los dueños de nuestros suelos,
subsuelos y del mar. ¡Aunque, obedeciendo órdenes,
me disparen al final, ellos no serán
mis asesinos! Bien visto, ¡mis asesinos
son, un poquito, los altos oficiales y el alto clero,
aliados de los señores de la guerra y del dinero!
Sus cañones y sus fusiles agujerearon más
de una vez
mi poncho
y mi sombrero. ¡Fue aquello, un poquito,
su contribución a mi asesinato!
¡Se suma a mi muerte el dolor y las heridas
de los sobrevivientes,
la sangre derramada por los caídos,
la orfandad de los niños, la tristeza de las lucías y
de las hortulanas! ¡Y me mata por completo
la miseria moral con que los pícaros
camuflaron sus jugarretas y sus trampas!».

De pronto, su sonoro nombre,
«¡Pedro Celestino Cochachín, libertad!»,
empezó a ser coreado por ciudadanos anónimos
en las cercanías del cuartel.
¡El pánico de que la costa despertara
obligó
al régimen a designar jueces sin rostro y sin nombres!

¡Tras un proceso rápido, aquellos
autorizaron su brutal fusilamiento!

Lo demás es ya historia:
al despertar un nublado y triste amanecer, certeras
balas cercenaron
su tierno pecho, sumiendo sus abiertos ojos
en una eterna oscuridad.
Cual vulgares delincuentes, sus victimarios
abandonaron su cadáver sobre una pampa cubierta
de basura. ¡Con la cola entre las piernas,
huyeron de la furia popular!
¡Barricadeados en sus cuarteles, esperan
una nueva oportunidad para seguir masacrando
a nuestro pueblo!

Recogido el sacrificado cuerpo del inmortal
combatiente, palmo a palmo, Fausto Minaya
lo limpió con un aceite incorruptible.
Luego, como si se
tratase de una rosa o de un gran corazón,
con sus ojos y sus brazos abiertos hacia el cielo,
sobre la Huaca Cachipampa
lo depositó en el mundo de abajo.

Entre tanto, cada vez más desagradable
y fantasmal mi presencia, subrayo mi fe
y mi creencia de que algún día,
al impulso de las lluvias,
al igual que cualquier semilla buena,
¡Pedro Celestino Cochachín se pondrá de pie!
¡Junto a nosotros, sombrero y poncho protegiendo
su persona, luchando por la equidad
y por la justicia que nos siguen haciendo falta,

volverá a darnos nuevas luces y nuevos ánimos!
¡Alcanzado nuestro objetivo, beberá
en compañía nuestra de la auténtica y sabrosa
chicha de jora
que, de manera especial, con la pureza del agua
y del maíz de nuestras cordilleras, saben elaborar dulces
manos femeninas!
En apoyo de su suerte, deposito junto a su nombre,
una vez más, la ironía de mi nombre y apellido:
José Alegre, su fiel discípulo, su mensajero,
su amigo y su irrenunciable compañero.

ANACLETO MÉNDEZ LOLI: CONFESIÓN DE PARTE

LLUCLLAHUARÁS

Originando desde el Mundo de Arriba
las mañanas, irrumpe en el Mundo de Aquí
mamá *Warak Koillur*,
llamada, también, *Llucllahuarás*.

Altiva y coquetona, aunque debilitada
por la luminosidad del astro padre,
en *Warak* Pampa se oculta entre
la dermis y epidermis de la tierra.
Los minerales, los arbustos y las hierbas
cubren sus dimensiones otorgándole
la apariencia de estar muerta, mientras,
vital, emite secreciones que dan alas
a todo cuanto existe.

Por las tardes, sin que nadie lo note,
suspende su escondite, y en irrefrenable
vuelo, con una porción del nimbo
de la Cordillera Negra, asciende al
Mundo de Arriba, donde, monarca absoluta
de las estrellas, guiño a guiño nos sirve
de linterna y de compás.

La irradiación de su mirada sobre la
Cordillera Blanca fortalece el hielo en tanto

la nieve, sensitiva, forja una red de plateados
arroyos y de dorados manantiales.

Cuando el padre Sol se apresta a descansar,
juguetona rompe la oscuridad, confirmando
y reafirmando el ser de todo
cuanto contiene y es, la tierra.

Sus mortales hijos, al dormir, la asumimos
en forma de felices o infelices visiones
hasta que *Taita* Sol retorna con su luz
a disipar la noche, momentos en que ella
y él reinician el ciclo de acostarse
en *Warak* Pampa, para sostener
y alimentar las energías de la tierra.

Pugna *Llucllahuarás*, llamada también
mamá *Warak* Koillur, para, con su propia luz,
con su sabia prudencia aportarnos el
agua, paz y felicidad.

LA TIERRA EN QUE NACÍ

El verde y oloroso bosque de la montaña
en que nací puso en mis manos una
yana guitarra, mi fiel compañera.

Humana su contextura, el noble
cuello y las cuerdas de mi *yana* guitarra
hicieron suyo el dolor y el llanto
de mi gente.
Una densa noche, *yana* guitarra me sopló
al oído: «Cuando a un organismo vivo
le faltan las sustancias materiales,
cesa en sus funciones;
despierta, vamos a conquistar el pan,
la libertad y la dignidad que algunos
señoritos arrebataron a las mujeres
y a los hombres que comen,
si es que comen,
con el sudor de su frente!».

¿Cómo rechazar la musical convicción
de mi *yana* guitarra, si por ella me
habló la misma Madre Tierra?

Mi gente, al oír, también, sus notas,
devinieron en tormenta emitiendo

rugido de pumas y, yo, un mortal
más entre ellos, fui melodía,
justo látigo y simiente
alzada contra todo lo dañino.

MI ÚLTIMA PALABRA

Pluma mía,
aunque quemen o ensucien tus durmientes
primaveras los que odian la esencia de la vida
y la luz de la verdad,
nunca ceses de contarles de que jamás dejarás
de asumir el valor de la cuchara
que se negó a servir a ciegas a ciertas tazas de oro.

Alerta siempre,
funda en letra lo que viste y lo que
con tus pies sobre la tierra sentiste o intuiste.
¡Que a tu canto las aguas acudan a los cántaros!
¡Que las terrazas se llenen de tu materia y de tu luz!
¡Que, con tu contribución, el rumor de los vientos
nos devuelva la voz de las alturas y el contenido
de las profundidades de las cuevas y de todos
los abismos! Las flores harán lo demás:
convertirán tu sombra
en versos, y en besos y caricias
tus delicados movimientos.

Pluma mía,
simbólicas o reales
tus bases y tus pilares,
¡siempre deben ser parte de la cordillera Negra

y de la cordillera Blanca!
¡Los verdugos que por allí anduvieron
y aún andan en ti nunca podrán negar el derecho
de tu pueblo a la justa paz y a la salud!
¡Y, aunque lo quieran,
tampoco podrán reglamentar
ni tu sonrisa ni tu llanto!

Ahora que poco a poco mi vida se apaga,
¡acompáñame al frío musgo del entorno de mis
lagos y lagunas!
¡No abandones mi mano,
tu instrumento y tu conciencia!
¡Acuéstate junto a mi luz naranja,
aquella que por las mañanas con la luz solar
se derrama
por bosques y montañas!

Escucha y haz tuya,
pluma mía,
mi última palabra: ¡junto a ti, la lombriz
debe poder acostarse y compartir la miel
de tu humilde prosa,
el gusano debe tener acceso a tu pan y a tu tinta,
y la hierba buena
o mala,
raíz a raíz,
debe asimilar tu tranquilo palpitar!
Si los tiranos amenazaran con incendiar tu vestido
de entusiastas primaveras,
recuérdales que tú eres parte de la cuchara
que se negó y se negará
a servir a ciegas a las superfluas
tazas de oro.

¡Con mucha fe en la vida, aunque adolorido
y cansado, te adora, te celebra y ante ti se rinde,
tu voz y tu testigo, Anacleto Méndez Loli!

(Trujillo, Perú, 24 de octubre de 1969;
Huaraz, Perú, 16 de agosto de 1998;
Essen, Alemania, 24 de marzo del 2010).

POST SCRIPTUM

PLUMA Y CUCHILLO

Para *Uchku* Óscar Colchado Lucio
In memoriam

Hijo de un ramal de la geografía andina,
nací bajo la ternura de la lluvia y el
estallido de los rayos.
Gota de agua límpida mi corazón,
mi primer acto consciente fue adherirme
a las corrientes de un río para con ellas
bajar a los valles de la tierra llana,
donde, bajo la guía del viento, caminé
por las calles de una ciudad
adjunta al Océano Pacífico.

Henchida mi alma con la sal del desierto
dejé las calles de aquella ciudad y alcancé
la playa, desde donde entre las aguas saladas
vi algo que creí ser una colina o un
campo de nieve flotante.

Impulsado por la necesidad de comprobar
la verdad, *chimbé* en una barca hacia allí
oyendo a las olas susurrarme:

«Bienvenido hijo del rayo y de la lluvia
a mi Isla Blanca, el lugar donde la arena
que cuando el rayo alumbra a la tierra,
gota a gota la lluvia la irriga y
la fecunda para más tarde verla parir,
por su enorme vulva, raíces, tallos, hojas,
colores, ecos y múltiples sabores».

El inusual recibimiento que me deparó
aquella Isla Blanca me llevó a tomar un
cuaderno, una pluma y un cuchillo
con los que, a cielo abierto, podando
las espinas, me entregué a cultivar
la pureza de las flores y la belleza
de cada una de las rosas.

EPÍLOGO

Batallas y sueños de Uchku Pedro es un extenso poema épico cuyos versos de gran cadencia recrean la historia de un sector de los Andes peruanos, Ancash, donde tuvo lugar la gran revolución indígena de 1885 con la figura protagónica de Pedro Celestino Cochachín, más conocido como *Uchku Pedro*, lugarteniente de Pedro Pablo Atusparia, jefe del levantamiento. Escrito en verso libre con una poética cercana a la prosa, Melacio Castro Mendoza nos muestra como un caleidoscopio diversas escenas de la revolución con testimonios dramáticos de sus figuras más destacadas. Esta obra se constituye en un monumento escritural, una bella sinfonía, sucesivos cuadros pictóricos de gran maestría, como un lúcido Homero de estos nuevos tiempos.

El libro es único y múltiple a la vez, donde encontramos no sólo historia, sino también mito, leyenda, religión ancestral y filosofía. He aquí una obra que a su autor le demandó cerca de cuatro décadas cincelarla para mostrarnos que el arte es un sacerdocio y no improvisada búsqueda.

Óscar Colchado Lucio

GLOSARIO

—**Arariwa**: vigilante de las cementeras/pregonero de las decisiones tomadas por una comunidad.

—***Ama sua, ama kella, ama lulla***: no robar, no mentir, no ser ocioso. Fue la ley suprema inca.

—**Coloche**: canal angosto y pequeño en forma de puente.

—**Chakitaklla**: es una pala y al mismo tiempo un arado indígena. No existe en Europa.

—**Huaylla**: especie de grama no existente en Europa.

—**Hananpacha**: el mundo de arriba, de alturas azules y blancas, residencia de los espíritus.

—**Kurpa kurpa**: pedazo/porción de tierra petrificada. Aquí, algo así como 'pedacito' o 'porcioncita'.

—**Kintu**: un rito indígena de echar cinco hojas de coca al aire para leer lo que en Europa se llama 'destino'.

—**Kuncku**: cerro.

—**Kurí**: persona que habla un idioma con acento/dejo de otro idioma.

—**Luquista**: adjetivo derivado de Luque; aquí significa 'pillo'. Hernando de Luque fue socio de los conquistadores Francisco Pizarro y Diego de Almagro, considerados en el Perú, además, unos pillos. Los tres constituyeron la Compañía de Levante. Luque fue, al mismo tiempo, obispo de Tumbes.

—**Mamapacha**: madre tierra.

—**Orko**: monte, cerro.

—**Payas**: mujeres indígenas.

—***Palana***: pala. En el Perú es palabra castellanizada.

—**Pongo**: siervo. En verdad *siervo* es un concepto europeo. En el Estado Inca no existía. En la Colonia y la República, a su vez, no existían haciendas sin pongos.

—**Runa Simi**: Lengua de gentes; lengua oficial del Estado inca.

—**Rit'i**: nieve, nevada

—**Supay**: divinidad maligna de la mitología inca.

—**Taita** (o Tayta): padre espiritual o padre adoptante.

—**T'ustuchikuy**: pisoteo, atropellamiento.

—**Uturunku**: otorongo, jaguar o tigre americano.

—***Uchku***: cueva, hundimiento en una mina, hoyo.

—**Waq'a waq'alanga**: insulto muy fuerte.

—**Warak Koillur** o **Lluckllahuarás**: estrella del amanecer.

ÍNDICE

Este libro se terminó
de imprimir
en España
en abril de 2024

Made in the USA
Monee, IL
13 September 2026

62988799R00121